目次

序　石橋山　7
一　江間義時　13
二　頼　家　72
三　時　政　125
四　和田義盛　176
五　実　朝　227
六　承久の乱　267
結　面　影　312

JN030315

義時　運命の輪

序　石橋山

治承《じしょう》四（一一八〇）年八月二十三日、相模《さがみ》国足柄下郡石橋山《あしがらしもぐんいしばしやま》——。

「敵が追ってきたぞ」

「殿の御身をまず。早く」

ひゅっ。

数人の側近に守られた源頼朝《みなもとのよりとも》が慌ただしく後方の峰へと分け入っていく。とほぼ同時に、折からの雨でびしょ濡《ぬ》れの小四郎《こしろう》の耳を風切り音がかすめ、兜《かぶと》の緒が緩んだ。

「だいじょうぶか」

己でふり払う前に、兄の三郎《さぶろう》の太刀が一瞬早く、飛んできた矢を叩《たた》き落とした。

「早く締め直せ！」

父の声を待つまでもなく、急いで紐《ひも》を結び直し、再び兄とともに、弓に矢をつがえる。

雨と闇。

目には見えぬが、確かに迫りくる敵に向かい、鍛え抜いた武士の勘だけを頼りに、次々に矢を射かける。

断末魔にあえぐ馬のいななきと、馬に蹴られた敵兵の具足が散らばる鈍い金属音とが、雨音とともに絶え間なく響き合う。泥と雨に塗《まみ》れた、鈍い音だ。

――いったい、どれだけいるんだ。

こちらは三百足らず。向こうは――この様子ならきっと少なくとも十倍、三千はいるだろうか。

こちらの矢が確かに敵に当たっている手応えはあるのに、まだまだ向こうからも矢が飛んできて、小四郎も三郎も、手を止めることができない。

――もう、保《も》たない。

専横極まりない平家を打倒し、由緒正しき源氏の復権によって世を変えんがため、頼朝の下に参集し、その手始めとして、伊豆《いず》国で我が物顔に振る舞っていた平兼隆《たいらのかねたか》を討ち滅ぼしたのが八月十七日。

その報を聞き、志を同じくする者たちがすぐにでも大挙して伊豆に――とのもくろみは残念ながらもろくも崩れた。二十日、迫り来る平家方の討ち手から逃れるため、頼朝はやむなく、わずかな軍勢のまま伊豆を出ると、この石橋山に陣を敷いた。陣の中央、頼朝の座の傍らには、以仁王《もちひとおう》――後白河《ごしらかわ》天皇の皇子で、平家の専横がなければ間違いなく今頃、帝《みかど》の御位に即《つ》いていたはずのお方だと小四郎は聞いている——から発せられたという「平家を討て」との正式な命令書が掲げられた。

それから三日。

あてにしていた三浦《みうら》の援軍は来ない。一方、平家方に与《くみ》する大庭景親《おおばかげちか》率いる軍勢はあっという間に頼朝の陣に迫ってきた。

——だめだ、痺《しび》れてきた……。

弓を十分に引けない。矢が飛ばない。

意識が遠くなっていく。

——なんだ、まぶしいぞ。

目の前に巨大な光の輪が現れ、次第に小四郎に近づいてくる。

——うわぁ、熱い、熱い。

輪は猛烈な熱を発していた。じりじりと小四郎の具足が焼かれ、札《さね》を結ぶ緒から煙が立ち上る。

「助けてくれ」

そう叫ぶと、どこからともなく「押せ」と静かな声がした。

——なんだって?

「その輪、押せ。素手で、押せ」

——素手で押すなんて。

焼け死ぬじゃないか。

「押せ！　押さぬと死ぬぞ」

どこから聞こえてくるのか分からぬ声の言うまま、小四郎はその輪に手をかけ、ぐっと押した。

「うわぁあ！」

焼け死ぬ、と覚悟した時だった。

「若、しっかりなさいませ。死んでしまいますぞ！」

従者の藤馬《とうま》の絶叫とともに、降ってきた矢が小四郎の足下に落ちた。

どうやら、弓を構えたまま、ほんの一瞬、気を失っていたらしい。

小四郎は二、三度頭を強く振ると、再び敵を目がけて弓を引き絞った。

小四郎の父、四郎時政《しろうときまさ》を統領とする北条《ほうじょう》氏はこれまで、「桓武平氏《かんむへいし》平直方《なおかた》流の家系」と称し――これが真実かどうかは小四郎も知らぬ――、平氏に阿《おもね》り、伊豆を拠点に勢力を広げてきた。

しかし、小四郎の姉、政子《まさこ》と、平治《へいじ》の乱で平清盛《きよもり》に敗れた源義朝《よしとも》の嫡子で、伊豆に罪人の子として流されてきた頼朝とが、時政の反対を押し切って強引に夫婦となってしまったのを転機に、北条氏は源氏と、というより、頼朝と運命を共にせざるを得なくなっていた。

――なぜ、こんなことに。

馬で駆けるのも、弓矢を使うのも好きだ。しかし、はじめて身を以《もっ》て知るいくさは、十八歳の小四郎には過酷という他なかった。

――このいくさに、義や利はあるのだろうか。

いくら平家に対する人々の不満が募っているからといって、無位無冠、流人の身の頼朝に何ができるだろう。姉の判断は、本当に正しかったのだろうか。

兆した疑念に、痺れた手が完全に止まってしまう。

「いかん。このままでは共倒れになってしまう。二手に分かれて、敵の目を欺こう」

父は覚悟を決めたらしい。

「小四郎はわしといっしょに来い。三郎は」

父の言葉をできるだけ近くで聞き取ろうと、兄が馬の手綱をぐいと引いた。

「三郎は土肥山《といやま》を越え、ともかく頼朝どのの後を追って合流せよ。わしは小四郎を連れて甲斐《かい》から回る」

「心得ました」

兄が馬の向きを変えた。

「次に会うことができれば、本当に北条の行く末が変わる。怯《ひる》むなよ」

ばしゃりと一際高い水音がして、兄の馬が遠ざかっていく。

「行くぞ、小四郎。後《おく》れるな」

「はい」

己の声が、闇夜の雨に流れていく。具足の下の装束はびしょ濡れ、体が泥のように重く、馬を操るだけで精一杯だ。

——どこでも良い、早く眠りたい。

小四郎こと北条義時《よしとき》、無惨な初陣であった。

一　江間義時

1、しずやしず

文治《ぶんじ》二（一一八六）年四月八日。

二十四歳になった義時は、鶴岡八幡宮《つるがおかはちまんぐう》の舞楽殿《ぶがくでん》にいた。

「まだか。無礼な」

上座にいる頼朝の機嫌が悪い。

「まあ、さように気短にならず、今少し時を与えておやりなさいませ。女子《おなご》、ましてや舞姫でございますもの、支度には手間がかかりましょう」

隣にいる政子がしきりに宥《なだ》めている。

「かように待たされてまで、わざわざ見ずとも良かろう。不愉快だ」

「いいえ。これだけ何度も召しているのですから、たとえ一差しなりとも見ぬわけには」

夫婦の押し問答を、義時は苦々しく聞いていた。脇には、工藤祐経《くどうすけつね》と畠山重忠《はたけやましげただ》がおのおの、手にした鼓と銅拍子《どびょうし》の緒を握ったり放したり、所在なげである。

——姉上も物見高いことだ。

たかが遊女の舞に、なぜそう執着するのか。頼朝の機嫌を損ねてまで遊女を召そうとする姉の気が知れなかった。

石橋山での敗走から六年。

頼朝ははじめこそ苦戦したものの、着実に平家追討の成果を上げ、かつ、朝廷との政治的交渉にも手腕を発揮して、今はこの鎌倉《かまくら》を拠点に、東海道全体に睨《にら》みを利かす存在となっている。

義時も頼朝の側近の一人として、今日のような晴れの場には、必ず何らかの役目を申しつけられ、随従するようになっていた。

工藤が打橋に目をやり、鼓の緒を握り直した。畠山の銅拍子が、日差しを跳ね返して鋭い光を放った。

——おっ……。

身体《からだ》を左右にも上下にもいっさい揺らさず、まるで雲にでも乗っているような足取りで、件《くだん》の女が現れた。

白袴《しろばかま》に萌黄《もえぎ》の水干、高々と結い上げた髪。紛れもなき男の装束なのに、この溢《あふ》れんばかりの香気はなんだろう。

思わず息を呑《の》んで見ていると、女はひらりと袖を翻し、歌いだした。

へ吉野山《よしのやま》峰の白雪踏み分けて入《い》りにし人のあとぞ恋しき
袖が翻るたび、女の身体がふわりと向きを変える。長く引いた袴が、本当に雲に見えてきた。

——きれいだな。

ただ、ここでそう歌うってのはどうなんだ。

聞いている方がどきどきしてくる。伺候している他の武士たちもそれは同じらしく、さざ波のごとき動揺が広がっていくのが感じ取れた。

昨年、一昨年と、義時は己の家中を率いてはるばる西国へ出向き、平家討伐の軍勢に加わっていた。

海路を巧みに逃げる平家を追いかけ追いかけ、長きにわたる睨み合いののち、昨年の三月、長門《ながと》国赤間関《あかまがせき》、壇ノ浦《だんのうら》の激戦でようやく決着がつき、平家の主な者たちはそれぞれ、討ち死にや処刑になったのだが、その後、頼朝が掲げる追討の戈《ほこ》の先は、納まる暇もなく別の目標に向かった。

いくさ上手で知られる異腹の弟、源義経《よしつね》である。

自分に許しを得ず、勝手に朝廷から官位や褒美を賜ることはまかりならぬ——頼朝は常々、厳しくこの触れを徹底させ、源氏勢力をすべて、自分の統制下に置くことに腐心している。さような頼朝にとって、義経は次第に「使える家来」から「目障り至極の邪魔者」とも言うべき存在になっていったらしい。

とりわけ、京で後白河上皇に謁見したことは逆鱗《げきりん》に触れたらしく、ついに去年の十一月、頼朝は上皇の名による義経追討の命令書——院宣と言うらしい——を出させることに成功した。

実は、壇ノ浦での戦いは、勝ちはしたものの、安徳《あんとく》天皇を死なせたり、三種の神器の一つである宝剣をみすみす海中へ沈ませて失わせたりと、頼朝にしてみれば今後の朝廷との駆け引きにおいて、致命的な失態も少なくなかった。それらの責めを、義経にすべて負わせようという意図もあるのだろう。

ただ、いくさ上手は逃げ上手でもあって、義経の行方は杳《よう》として知れない。そこで捕らえられ、召し出されたのが、義経の愛妾《あいしょう》で、白拍子と呼ばれる男装の舞女、静《しずか》である。

義経が立ち回りそうなところ、頼っていきそうな人物を少しでも聞き出そうと、日々、頼朝の側近たちが交代で静を尋問しているが、知らぬ存ぜぬ、なかなか気強く、手強《てごわ》い女であるらしい。

気強い同士で心通ずるものがあるのか、政子がどうしても、この鶴岡八幡宮に静を召し出して舞わせたいと言い出して聞かず、今日のこの仕儀となっている。

〽しずやしず　しずのおだまき繰り返し　昔を今に　なすよしもがな……

静がなおも歌うと、さざ波が四方八方から寄せ集まって、高波になった。恐怖と緊張に満ちたみなのまなざしが一斉に頼朝の方へと注がれた。

――きれいだが、物騒な女だ。

義経への思いを堂々と歌うばかりか、加えて「昔を今に」とは。

義時もみなと同じく、頼朝の方を見た。

――二位さまはどうするだろう。またあの冷たい声で……。

頼朝は義時から見れば義兄なのだが、もう何年も「兄上」と呼んだことはない。

「その女、捕らえて首を刎《は》ねよ」

居並ぶ一同の肩がぴりりと震えた。

「場を弁《わきま》えず、謀反人を慕う言葉を並べるのみならず、〝昔を今に〟とは何事か。この二位の政を覆したいか」

頼朝は朝廷から従二位の位を授けられている。大臣同様の扱いで、京の貴族でも同列以上に位置づけられる人はごくわずかだ。

「お待ちください」

姉の声だ。何を言い出すのやら。

「思い出してくださいまし。殿がまだ流人として伊豆にいらした頃のこと。比翼の鳥、連理の枝と私に何度もお約束くださいましたが、北条の父は世を憚《はばか》って、私を殿から引き離そうと屋敷へ閉じ込めました。私はどうしても殿へのお気持ちを貫こうと、家の者たちの目を盗んで出奔、一人、夜道を素足で辿《たど》って殿のもとへ参りました。世をすべて敵にしてもと、思っておりました」

「一人、夜道を素足で」は、どう考えても事実ではない気がしたが、義時はむろん、黙っていた。

「それからこれは、夫婦になってのちのことでございますが、殿は平家打倒を掲げていくさを起こされ、石橋山へおいでになりました。あの折、生死も分からぬ殿のお帰りを幾日も、私がどんな気持ちでお待ち申し上げたか。あの時の憂いは」

姉はそこで声を詰まらせた。

「……私も来し方に、静と同じ思いを何度もしてきているのです。いくら今は謀反人とは言っても」

「謀反人」にことさら力が入っている。そこは譲れないということなのだろう。

「深く情けを交わした殿方への思いを持ち続けるのが、真実の女子というもの。あっさりと断ちきれるようでは、貞女とは言えぬでしょう」

静を褒めるように見せて、実は自分がいかに頼朝に尽くしているかを言外に響かせる。いかにも姉らしい弁舌だ。

「それに、先ほどの舞姿と声の美しさ。殿ほどのお方のお心に届かぬはずがありませぬ。

今日ぐらい、お立場を離れて、お感じになったままにこの者を褒めてやっても、ここにいる者たちはみな分かってくれます」

それから頼朝の情けを持ち上げ、さらに、居並ぶ武士たちとの絆《きずな》を強調する。

――姉上には敵《かな》わぬ。

よくもああ次々に、人の心を蕩《とろ》かすような言葉が出てくることだ。

「申し訳ありませぬ、出すぎたことを」

姉はそう言うと深々と頭を下げ、それから打掛の裾をゆっくりと捌《さば》いてから、静の方へ向き直った。

「静、安心なさい。殿はお心の広い方。私のことも、そなたのことも、きっと許してくださる」

こう聞いていると、姉がさも頼朝にいつも寄り添う健気《けなげ》な妻のようだが、義時の知る限り、政子は決してそんな殊勝な女ではない。

公家《くげ》であろうと武士であろうと、器量のある者なら、幾人もの女と関わり、子をなそうとするのは男のならいだ。単に好色のためだけではない。女の父や兄が有力者なら、血縁によるつながりは生き残るための紐帯《ちゅうたい》となる。

頼朝くらいの人ならば何人もの側女《そばめ》がいて当然で、並の女ならばいくらか嫉妬はしても、見て見ぬふりをするか、せいぜい恨み言のひとつふたつで片付けるものだろう。

ところが、姉にはそうしたしっとりしたところは微塵《みじん》もない。

四年前、頼朝には亀ノ前《かめのまえ》と呼ばれる側女がいた。と言っても、亀ノ前への寵愛《ちようあい》は新たに始まったことではなく、頼朝が流人として伊豆にいた頃の侍女の一人だったらしい。頼朝は伊豆にいた亀ノ前を密《ひそ》かにこちらへ呼び寄せ、小坪《こつぼ》へ住まわせた。鎌倉の館からはかなり隔たっているが、政子の目を逃れるためだったのだろう。

当時、政子は身ごもっていた。周囲の者は、頼朝と政子、両方に憚って、亀ノ前のことは誰も口にしなかったのだが、政子が無事に男子――頼朝待望の長男だ――を出産し、幸せと得意の最中《さなか》にある折も折に、わざわざそれを直接、耳に入れた者がいた。

牧ノ方《まきのかた》――時政の後妻である。

時政の後妻なら、政子と義時にとっては継母《ままはは》と思う人もあるかもしれぬが、父よりずっと若く、むしろ自分たちとの方がよほど年回りの近い牧ノ方を母と思うのは無理だし、牧ノ方の方でも望むまい。

その牧ノ方が、乳飲み子に添い寝する政子のもとをわざわざ訪れ、「殿が小坪に側女を置いて夜な夜なお通いになっているそうよ。うかうかしていて良いのかしら」と言い放ったというのである。

それを聞いた政子の動きは素早かった。

牧ノ方の兄である宗親《むねちか》をすぐに呼び寄せ、「妹の言葉に嘘《うそ》はないか」と詰問した挙げ句、「ならば即刻、そなたの手でその側女の館を打ち壊して参れ」と命じたのだ。

あまりのことに宗親がためらっていると、「では牧ノ方の言葉は偽りということか。私と殿との間を裂こうとして、さような讒言《ざんげん》を申したか。ならばそなたら兄妹は紛れもなく逆臣ぞ」と畳みかけたという。

――あれは、牧ノ方の負けだ。

成り行きを聞いた折、なぜ牧ノ方がそんなことを言ったのか、はじめ義時はまるで理解できなかったのだが、どうやら、側女のことを政子の耳に入れれば、おそらく側女が政子の手で追放され、政子と頼朝とが仲違《なかたが》いする、その隙を突いて自分の実の娘――政子には異母妹ということになる――を頼朝に縁づけようという魂胆だったらしい。

政子はいち早くそれを見抜いて、側女を追放する役目をあえて牧ノ方の兄に命じたのだ。案の定、宗親はその後、頼朝の怒りを買い、みなの見ている前で髻《もとどり》を斬られるという辱めを受けた。

――やはり姉上には敵わぬ。

なんでも自分の都合の良い方へ引き寄せてしまう。

そんな来し方のことを苦々しく思い出していると、目の前では頼朝がやはり苦々しい顔をしつつも、「うむ。ならばこの場は見逃そう」とようやく言葉を発した。

「よく舞った。褒美にこれを持て」

差し出されたのは、青に白を重ねた、この季節にふさわしい装束だった。義時は慌ててそれを受け取ると、進み出てきた静の肩にかけてやった。

「命ばかりは助けてやろう。この鎌倉で産を済ませよ」

静の顔色がさっと変わった。

——身ごもっているのか。

義時はまるで気付かなかった。頼朝の慧眼《けいがん》が恐ろしい。

——産を済ませよということは。

産まれてくる子が男子であれば、頼朝は間違いなく、即刻その命を奪うだろう。将来、自分を仇《かたき》と狙う者を育てないために。

頼朝自身、本当は幼い頃に殺されるはずだった人だ。

頼朝の父は源義朝。平治元（一一五九）年に起きた平治の乱で敗者となり、京から落ち延びる途中、味方と信じ頼っていった尾張《おわり》国の内海庄《うつみのしょう》で裏切られ、殺されたと聞いている。

その頃近江《おうみ》にいて捕らえられ、京へ送られた頼朝を、当然、平清盛は殺すつもりだった。しかし、池禅尼《いけのぜんに》という女性——清盛の父の後妻だそうだ——が不憫《ふびん》に思って命乞いをしてくれたため、助けられたという。

命拾いをし、伊豆に流され、政子を妻として——そして、頼朝の今がある。

決して情に流されぬ頼朝の冷徹さを、義時は時に恐ろしく思うことがある。気軽に「兄上」と呼べぬのも、一度そう呼んで、ぎろりと睨まれた折の眼光の鋭さに恐れをなしたからだ。身内の情など持たぬと言わんばかりの。

――似た者夫婦なのか。

恩を仇《あだ》で返してでも、己の行く末を切り開く頼朝。なんでも強引に、自分の都合の良い方へ引き寄せてしまう政子。

――ついて行けぬ。

と、言うわけにはいかない。

亀ノ前の一件は、実は義時の行く末に大きな影を落とすことになった。

――このままでは、私は。

父、時政の跡は継げぬ。北条の統領にはなれぬ。

悲惨な初陣ののちに別れた兄、三郎こと宗時《むねとき》とは、あれっきりになってしまった。山を越えてようやくというところで敵の軍勢に囲まれ、一斉に浴びせられた矢を防ぐことができなかったという。

――兄の無念を、私が受け継ぐつもりであったのに。

義時は今、「江間《えま》小四郎義時」と名乗っている。これは、いくさの褒美として伊豆の江間の地を所領として与えられて以来、父から名乗るように言われたものだ。義時としては、これはあくまで通称で、いずれは北条の姓に復するつもりでいたのだが、どうやら父の考えは違うようなのだ。

——父上は、私を分家として外へ追いやったつもりらしい。

父の背中には、牧ノ方の引く糸が見える。

——あの女、どうあっても。

頼朝を自分の実の娘と縁づけようとした牧ノ方の真の狙いに、義時は最近になってようやく気付いたのだった。

自分の血を引く子に、北条を継がせるつもりなのだ。

牧ノ方は今のところ男子を産んでいない。なので、娘に有力な婿を迎えようと躍起になっている。

いくら有力でも、己の血を引く男子がいながら、一族の統領の座を婿に渡すような無分別な真似《まね》はするまいというのは、どうやら今の時政には通じぬと見た方が良い。

実際、牧宗親が髻を斬られた折、時政は牧ノ方を諫《いさ》めるどころか、いっしょになって憤り、頼朝に抗議すると言って鎌倉を離れ、伊豆へ引きこもってしばらく戻らぬという愚挙に出た。

後妻の言いなりの父のせいで、義時は頼朝の機嫌を損ねないよう、びくびくする日を送らねばならなかったのだ。

あの折、頼朝はわざわざ梶原景季《かじわらかげすえ》を鎌倉の北条屋敷へ遣わし、義時が伊豆へ行ったか、それとも鎌倉に留《とど》まっているか、確かめさせた。義時が留まっていると分かると、すぐに側近くへ呼び寄せ、たいそう機嫌良く「この褒美はいつかきっと、しかるべき折にやろう」とにやりと笑った。義時はただ「かしこまりました」とだけ答えた。

もし今後、牧ノ方に男子が産まれるようなことにでもなれば――義時は間違いなく、今よりあからさまに分家扱いされるだろう。

――そうはさせぬ。

そのためにも、手柄を立てねば。あの「いつか」は、その時こそ勝ち取って見せる。

肩に衣をかけた静が下座に平伏すると、頼朝がわざとらしい咳払《せきばら》いをした。

「お立ちである」

小姓がそう声を上げると、大太刀を掲げて頼朝を先導した。政子がそれに続く。

――付いていくしかない。

結局、今北条に力があるのは、頼朝のおかげなのだ。そしてその頼朝に向かって、臆せず物が言えるのは――姉の政子だけである。

何をどこまで考えているか分からぬ、底の知れぬ夫婦だが、己のためには、もうこの二人に付いていくしかない。

義経はまだ逃げ続けている。居所が確かになれば、ふたたびいくさに出ることになるだろう。

——手柄を上げねば。

次の従軍は、九州か。そう見せかけて、実は奥州《おうしゅう》だという噂《うわさ》もある。

舞楽殿から打橋を渡って遠ざかっていく姉夫婦の背中を見ながら、義時は気持ちを引き締めていた。

2、奥州へ

すぐにでも出陣——義時のみならず、頼朝に従う者たちはみなそういきり立っていたが、無念なことに翌年、文治三（一一八七）年の四月になっても、義経の行方はつかめなかった。

ただ、義経を自分の娘の婿にしていた河越重頼《かわごえしげより》、さらに佐藤忠信《さとうただのぶ》や伊勢義盛《いせよしもり》といった側近は次々に各地で捕らえられ、殺害されてしまった。潜伏できそうなところは徹底して潰されつつある。

「やはり奥州だろうな」

これだけ手を尽くしても見つからぬとなれば、あそこしかあるまい、というのが頼朝の見立てらしい。

奥州平泉《ひらいずみ》に居を置く藤原《ふじわら》氏の統領、秀衡《ひでひら》。

義経は幼い頃、頼朝と同じように平家方に捕らえられたのち、僧侶に為《な》さるるべく京の鞍馬山《くらまやま》に預けられたが、そこを密かに抜け出して奥州へ行った。頼朝の蜂起に呼応して姿を見せるまでは、秀衡の保護下にいたのだ。

秀衡は陸奥《むつ》国のうち、奥六郡と呼ばれる胆沢《いさわ》郡、江刺《えさし》郡、和賀《わが》郡、紫波《しわ》郡、稗貫《ひえぬき》郡、岩手《いわて》郡を直接支配下に置き、さらに出羽《でわ》、陸奥両国の押領使《おうりようし》——武力を以て、治安の維持を司《つかさど》る役目だ——も兼ねている。頼朝といえども、容易に手は出せない。

義時は頼朝がいったいどういう手を使うのか、強い関心を持って見ていた。

——何かの折には。

手柄を立てたい。役に立って、もっと認められて、ゆくゆくは自分が北条の統領になりたい。

頼朝に認められなければ、自分の行く末はこのまま、北条の分家止まりだ。政子の弟というだけで引き立ててくれるほど甘い人でないことは、十分すぎるほど分かっている。

去年の閏《うるう》七月末、静が子を産み落とした。それが男子であると知れた時、頼朝は眉根一つも動かさずに「由比ヶ浜《ゆいがはま》へ捨てよ」と安達清経《あだちきよつね》に命じた。静は泣き叫び身を挺《てい》して抗《あらが》い、騒ぎを聞きつけた政子が「命まで奪わずとも」と説得したが、この時の頼朝はいつぞやの歌舞の折とは違い、政子の嘆願を受け入れる隙を微塵も見せなかった。

己の道を邪魔するものは絶対に許さない。逃さない。それが己のためだ。

頼朝の強い信念を改めて見たと義時は思った。

とすれば、頼朝にとって今一番の邪魔は、奥州藤原氏、秀衡ということになろう。

――どうするつもりだろう。

今は揺さぶりをかけている途中、というところだろうか。

去年、頼朝は秀衡にあてて、ある巧妙な書状を送っていた。

「御館《おやかた》さまは奥六郡の盟主であり、余は東海道の惣官《そうかん》である。ぜひ親しく交歓すべきだと考えるが、道のりも遥《はる》かでなかなか機会もない。たとえばだが、陸奥から京へ貢納すべき品などがあれば、鎌倉で仲介の労を執らせてもらうというのはどうか。これは上皇の御心にも叶《かな》うことである」という内容だった。

秀衡にしてみれば、おそらく腹の立つ、対応に苦しむ書状だっただろう。

もともと、奥州藤原氏の方が、頼朝率いる鎌倉の源氏よりも朝廷との付き合いはずっと古い。それを「仲介してやる」などとは無礼千万な上、どんな品を朝廷に贈っているのか、内情を探る絶好の手がかりを頼朝に与えることになる。しかも、秀衡が朝廷と直接やりとりをする重要な機会を一つ、奪われるのだ。

秀衡が拒絶してきたら、「こちらの申し出を断るとは。信用しないのか」と嘆いた上で、「上皇の御意に逆らっている」とでも難癖を付けるつもりだったのだろう。

それを攻め入る端緒にするのかと、義時は身構えていたのだが、秀衡の方も存外、したたかだった。

「ありがたい。ぜひお願いしたい」——ほどなく鎌倉あてに、書状とともに大量の砂金と見事な馬が何頭も送られてきたのを見て、頼朝がかすかに唸《うな》ったのを、義時は見逃さなかった。

戦う気はない——そう下手《したて》に出つつも、「見よ、こちらにはこれだけの財力、そしてこれだけの軍馬を育む人材と環境もある。攻め入れるものなら攻めてみよ」——秀衡の対応はそうした意思表示にも見えた。頼朝は「これは手強い、迂闊《うかつ》に手は出せぬ」と考えたのか、この一年、表だって奥州を攻める動きを見せていない。

もちろん、頼朝も手をこまねいているわけではない。義経追討の院宣を、朝廷から平泉——秀衡の本拠地だ——へ繰り返し送り、暗に脅しを続けるとともに、院宣を伝達する使者として多くの配下を送り込み、内情を探らせている。

事がいくらか動き始めたのは、翌年、文治四（一一八八）年の二月だった。

義経が平泉にいるのは間違いない——配下からの報告でそう確信した頼朝は、朝廷にあてて「奥州藤原氏が義経を保護下に置き、朝廷への反逆を企てている」と訴える書状を送り、まず帝の名で「義経を差し出せ」との命令書を出して欲しいと要請した。

実は秀衡は、その前年、文治三年の十月に病で没していた。跡を継いだのは息子の泰《やす》衡《ひら》だが、頼朝は泰衡に異母の兄弟が複数あることを知っていて、秀衡が死ねば、兄弟間の意思の疎通がきっと上手《うま》くいかなくなり、必ず対応に隙が生ずるはずと考えていたようだ。

それから一年余。これまでに、泰衡が自分の祖母や末弟など、近親を立て続けに殺害しているとの情報が鎌倉にもたらされていた。まさに思い描いていたとおりで、そろそろ時は熟したと頼朝が考えている様子が感じられる。

——我が身に照らしての推量か。

時を同じくして、義時自身にも嫌な予感が的中する出来事があった。

どうやら父が、弟で十四歳になる五郎《ごろう》をそろそろ元服させ、家督を継ぐ者として披露しようと動き始めているらしい。

これには姉の政子からの、思わぬ介入が絡んでいた。

いつまでも跡継ぎを定めず、牧ノ方に男子が産まれるのを待っているらしき父を不快に思った政子が、「今いる男子を早く後継者と決めて披露せよ。父上に万一のことがあったらいかがする」と詰め寄った。政子としては、義時を念頭に置いていたのだが、牧ノ方の強い反対を受けた時政が、「五郎なら」と答えたという。

すでに二十七歳になった義時が跡継ぎと決まれば、政子はすぐに時政を隠居に追い込み、代替わりを強行させせて、それと同時に牧ノ方の動きを封じるつもりだったらしい。

しかし結局、時政はまだ元服前の五郎を跡継ぎにすることで、自分が当分当主の座に居座り、牧ノ方の意を汲《く》む余地を残したのだ。

――こたびは、女二人、痛み分けか。

牧ノ方はまだ若い。娘がすでに三人いるが、まだまだ男子を産むかもしれぬ。

――そして私が一人負けだ。

政子にしてみれば、いささか当てが外れたものの、とりあえず牧ノ方の実子でない弟がいったん指名されれば、手の打ちようも見えてくる、どうしても義時でなければというわけでもないというのだろう。

――今に見ておれ。

手柄を上げて、見返してやるのだ。

頼朝の右腕になって重きをなせば、女二人も自分をここまで侮ったりはできまい。次の北条の統領になるのは、自分であるべきだ。

――義経の首、必ず仕留めてやる。

はやる気持ちで奥州攻めの命令が下るのを待っていた義時だったが、頼朝の策略は事態を別の方に向け始めた。

文治五(一一八九)年五月二十二日。夏の暑い日のことであった。

午後の日差しがいくらか傾いてきた頃、義時は奥州からの早馬が鎌倉へ駆け込んできたのを見て、すかさず頼朝の側へと参上した。

「さる閏四月三十日、義経を誅《ちゅう》しました。首級《しるし》は腐らぬよう酒浸しにした上で、追って進上いたします」

泰衡からの口上だった。

頼朝は小さく「でかした」と呟《つぶや》くと、「京へ、早馬を仕立てよ」と命じた。

「今の口上をそっくりそのまま、院へお伝えせよ」

頼朝のその日の動きはそれだけだった。

——なんだ。

義時は正直、拍子抜けしてしまった。

己で手を下さず、泰衡に義経を討たせた頼朝の手腕はさすがだが、出陣の機会がなければ手柄の立てようもない。

六月の半ばには、義経の首は鎌倉へと入り、和田義盛《わだよしもり》や梶原景時《かげとき》によって実検が行われた。それと相前後して、上皇からは「これを以て追討の戈は納めるよう」との口上が届いた。

いくさ支度が無駄になってしまった——義時の落胆はしかし、ほどなくして覆される。

六月二十四日、頼朝の側へ参上しようとした義時は、千葉常胤《ちばつねたね》が従者に何か大きな包みを持たせて退出しようとしているのに出くわした。

常胤はもともと下総《しもうさ》国の官吏で、三十三年前の保元《ほうげん》の乱にも出陣したことのある長老だ。頼朝の側近では重鎮のひとりと言える。

「千葉さま、それは」

「いくさ支度じゃ。旗を作れと仰せになった。忙しくなる」

「では、奥州を」

「いつまでも藤原氏に大きな顔はさせておけまい。これを機に、陸奥まですべて、殿のご支配に納めるのじゃ」

頼朝が奥州へ進軍するつもりと分かって、義時は緩んだ気持ちの緒を結び直す思いになったが、疑問が一つ残った。

――朝廷の意向はどうなんだ。

頼朝はいつも、傍で見ている方がもどかしくなるほどいちいち、自分の命令に「朝廷の意向による裏付け」を求める。義時ははじめ、なぜそんな手間のかかることをするのか、理解できなかったのだが、今ではその必要性が分かるようになった。

帝の名、あるいは上皇の名によって、常に「自分の方が正しい」と主張できる証《あか》しを立てておく――武力で相手を蹴散らすのと同じか、時と場合によってはそれ以上に大切なことだ。相手が平家にせよ、同じ源氏の源義仲《よしなか》や義経にせよ、頼朝が己の身を常に守ってこられたのは、この〝戦術〟をずっと崩さずにきたおかげである。

義経が討ち取られて以後、朝廷から来る書状——上皇の名だったり、大臣の名だったりするが——はいずれも「義経が死んで首が差し出されたのだから、これ以上の奥州攻めは許可できぬ」との内容ばかりである。

七月に入ると、いくさ支度を調えた頼朝の御家人たちが続々と鎌倉に集結し始めた。頼朝は幾度も朝廷に「奥州攻めの許しを」と言い送っていたが、いっこうに認められる様子はない。一方、集まった軍勢はみな血気にはやり、騒然とした空気は日に日に強まっている。

——どうするのだろう。

ここで出陣を取りやめれば、御家人たちの落胆は大きくなる。頼朝への信頼も揺らぐことになりかねない。

七月十二日、頼朝はもはやこれまでと覚悟したのか、朝廷に向けた早馬で、次のような書状を送った。

「そちらからのお遣いが遅くなっているようですので、宣旨はこの早馬に託してお送りください」

許しを請うのではなく、「もはや許されたことと受け止めている」との性急で強引な内容だが、今の鎌倉の状況を見ては、頼朝の動きも無理はない。

——望むところだ。

十六日になると、頼朝の思惑とは逆に、「やはり思いとどまれ」との宣旨が届いてしまったが、すでにこちらでは陣立ての会議が始まっていた。

「大手軍は畠山重忠を先陣に、鎌倉街道から下野《しもつけ》を経て」

「東海道軍は千葉常胤と八田知家《はったともいえ》の指揮で、岩城《いわき》へ」

「北陸道軍は比企能員《ひきよしかず》と宇佐美実政《うさみさねまさ》の指揮で、越後《えちご》から出羽へ」

三つに分けられた軍勢のうち、義時は大手軍の一員として、十九日、鎌倉から一千騎とともに奥州へ出発した。

宇都宮《うつのみや》、新渡戸《にとべ》、白河《しらかわ》……。

八月七日、大手軍は陸奥国伊達《だて》郡の国見《くにみ》まで馬を進めた。藤原泰衡は、ここからほど近い阿津賀志山《あつかしやま》に砦《とりで》を築いているという。

――いよいよだが……。

泰衡の築いた砦の周りには、阿武隈川《あぶくまがわ》に堰《せき》を築いて引き入れた水で、幅五丈（約十五メートル）もある堀が設けられていた。

夕刻になると、陣に焚《た》かれた篝火《かがりび》が堀の水面に赤く映し出された。幅に加えて、深さもありそうだ。

これでは矢も届かぬし、進軍しようにも突破口がない。果たしていかなる策があろうかと思っていると、頼朝の御座から出て来た畠山が、随従してきた人足たちを集め、何やら指図した。

装束もばらばらだが、腕や肩にこんもりと盛り上がった肉付きがたくましい、八十人ほどの人足が手に手に鋤《すき》や鍬《くわ》を持ち、次々と土砂を運び入れて、瞬く間に堀を埋めていく。

向こう側の番卒たちが、こちらの人足の動きに気付いたようだ。しかし、みな身じろぎもせず、ただ黙って見つめているだけである。

——そうか。

たとえ敵に随従する者であっても、弓矢や太刀といった得物を持たない者を攻撃してはならない——これは、誰言うともなく、長らく守られてきた武士の良識である。ところが、これを破った者がいた。他でもない、先日酒漬けになった首が鎌倉に届けられた、義経だ。

壇ノ浦でのいくさの折、義経は平家の舟を操っていた水夫たちを射殺すよう、配下に命じた。みながためらっていると、自ら次々と矢を射って平家の舟が動けぬようにしたという。

こうした無法で、人から後ろ指を指されるやり口を、頼朝は嫌う。自らは冷徹で、時に残酷すぎるほどでもあるが、頼朝の残酷さは常に理屈の裏付けを持っていて、誰をも「気の毒だがやむを得まい」と納得させてしまう力がある。

一方で、義経にはそうした周到さはない。ただただいくさに勝つために、その場その場で臨機応変——といえば聞こえは良いが、人の常識の裏をかいていったのが、義経のやり口だ。

手柄を立てながら兄に疎まれ、執拗《しつよう》に追討の手がかけられたのは、あの壇ノ浦での非道によって、己の運が尽きたからだ——敵にせよ味方にせよ、そう感じている者は少なくない。

当然そのことは、藤原氏側にも伝わっているはずだ。堀を埋める人足たちを、あえて射る蛮勇を犯す者はあるまい。

さようなこともあると考えて、畠山は武士でない彼らを大勢、随従させてきたのだろうか。

畠山は義時とさほど歳《とし》も変わらない。正直なところ、こたびの先陣を任されたのを知ってひどく羨ましくもあったが、なるほど、さすが知恵者だ。

悔しいが、義時にはそこまでの深謀遠慮はない。

不気味なまでに静かな夜が明けた。

ひゅっ。

いくさの始まりを告げる最初の矢を、畠山が敵陣目がけて射込むと、それを合図に、一斉に双方から矢の雨が降る。

じりじりと間合いを詰めながら、埋められた堀へ踏み込み、砦のうちへとなだれ込む。義時も遅れを取らぬよう、必死で馬を進め、降り来る矢をなぎ払い、自らも弓を構える。

巳《み》の刻（午前十時）頃には、阿津賀志山あたりから、生きている敵の姿は消え、討ち取られた者の恨めしげな首が山の稜線《りょうせん》に沿って並ぶばかりとなった。

この日を皮切りに、鎌倉軍は北へ北へと進み、藤原氏の砦をいくつも落としていったが、肝心の泰衡の姿はどうしてもつかめないままだった。

二十二日にはついに、頼朝自らが平泉に到達したが、代々の当主が豪奢《ごうしゃ》に住みなしてきたという館にはすでに火が放たれ、周囲数町に渡って灰燼《かいじん》に帰していた。

「もったいないことを」

頼朝が葛西清重《かさいきよしげ》や小栗重成《おぐりしげなり》らに命じて焼け跡を検分させると、わずかに焼け残った蔵からは、沈《じん》や紫檀《したん》などの貴重な香木で作られた厨子《ずし》がいくつも見つかり、中からは数え切れないほどの金銀七宝、錦繡《きんしゅう》綾羅《りょうら》がこぼれ出た。純金の鶴や、白銀の猫、象牙作りの笛などもあって、藤原氏が蓄えてきた富の豊かさに、一同声を失うような一幕もあった。

しかし、泰衡の行方を追う手がかりはどこにもないまま、九月になった。

「今日から、ここに陣を移す」

二日になると、頼朝は拠点をさらに北の、厨川《くりやがわ》へと移した。

――なぜわざわざここへ移ったのか。

平泉の方が、軍の掌握にも、兵糧の調達にも便が良いのに。

何か、義時には知らされていない、泰衡に関する情報でもあるのかと思ったのだが、やがて頼朝の意図が別のところにあることが分かった。

「ここ厨川はかつて、我が祖、鎮守府将軍源頼義《よりよし》さまが、長年の苦難の末、朝敵安倍貞《あべのさだ》任《とう》を討ち取ったゆかりの地である。我らも必ずや、藤原泰衡を打ち漏らすことのなきよう、みなもう一入《ひとしお》の力を尽くしてもらいたい」

――そういうことか。

前九年の役《えき》。

今から百二十余年も前の話だ。

この地方の豪族だった安倍頼時《よりとき》、貞任父子が、奥六郡に拠点を置き、朝廷に対して税も納めず、徭役《ようえき》にも人を出さず、まるで別の国を築いたかのような専横な振る舞いに及んでいたのを、陸奥守で鎮守府将軍も兼ねていた頼義が討伐に赴き、十二年もの歳月をかけてようやく滅ぼしたという。

その最後の決戦の地、頼義が火攻めによって安倍氏との戦いに決着を付けたのがこの厨川だ。

――お得意の、引き寄せということだ。

頼義から数えて、頼朝は五代のちの子孫に当たるのだと聞いたことがある。

由緒正しき清和《せいわ》源氏——と言っても、実は家系は無数に広がっている。

頼義の父、頼信《よりのぶ》から列《つら》なる家系を一般に河内《かわち》源氏と呼ぶが、その中には、頼朝と同じように「すべての源氏の統領」として君臨してもおかしくない有力な者が他にもいくらもいた。上野《こうずけ》の新田義重《にったよししげ》、足利義兼《あしかがよしかね》、甲斐の武田信義《たけだのぶよし》、信濃《しなの》の平賀義信《ひらがよしのぶ》、さらに西まで目を移せば、鬼退治で名高い頼光《よりみつ》を祖とする摂津《せっつ》源氏の多田行綱《ただゆきつな》などもいた。

これらの者たちを抑えて、頼朝が今の地位にあるのは、武士の他に、中原親能《なかはらちかよし》ら、京の事情に詳しい文人貴族を巧みに用いて朝廷との交渉を密にしてきたこと、源義仲や義経など、自分と血筋や関係が近くてかつ、悪目立ちした者をいち早く切り捨てて、自身をあくまで「全体を見通す統領」として誇示してきたことがある。

——まあ、だから私も。

間違っても、兄上などと呼んではならない。

頼朝には、誅殺された義経の他に、範頼《のりより》という弟がある。平家追討の折に見せた働きなどは、むしろ義経以上と思われる力量のある人だが、義経のこともあって警戒しているのか、やはり、間違っても頼朝を「兄上」とは呼ばず、「殿」「二位殿」と、一歩も二歩も引いた態度を取っている。

今の義時など、単なる御家人のひとりでしかない。まして、もはや北条の主筋からも外されそうな身の上の。

ふと己の身を振り返ってしまって、義時は頭を振った。

――いやいや、さような場合ではない。

こたびの奥州攻めには、遠く九州の薩摩《さつま》やかつて平家の本拠地であった安芸《あき》や伊勢《いせ》の武士たちにまで従軍の命令が出ている。しかも頼朝自身が戦陣に出るのは、あの石橋山以来、九年ぶりだ。

今頼朝がしようとしていること。

それは、偉大な祖である頼義が奥州を制した故事に我が身を準《なぞら》え、頼朝が率いる源氏が、いよいよ日の本全土を支配下に置くのだというのを、多くの者に見せつけることだ。

――とにかく、なんでもいい、手柄を。


九月六日。

ここへきて、鎌倉から三手に分かれて奥州を目指していた軍がすべて合流した。頼朝のもとには、二十八万四千騎が従っていることになる。

昨日、泰衡と親しい比爪俊衡《ひづめとしひら》という者が、自邸に火を放って逃げたという知らせが入った。この者を追えば泰衡の行方が分かるのではないかと、頼朝は三浦義澄《よしずみ》、義村《よしむら》父子らを差し向けた。

——私が行きたかったが。

命令もされないのに自分から申し出るのは、頼朝の怒りを買いかねない。畠山重忠や三浦と同様、自分だって石橋山以来の古参で、近習である祗候衆《しこうしゅう》にも名を連ねているというのに、ここぞという役目が、なかなか回ってこない。義時はじりじりとした思いで、己の胡籙《やなぐい》に結ばれた絹の白旗を見た。源氏の旗印だが、長い従軍のせいでいくらか白茶けてきているのが、どうにも情けない。

——なんだ？

頼朝の御座のあるあたりが急にざわつき始めた。義時は目立たぬよう、しかし、頼朝の声が聞こえ、表情が読み取れるところまで近づいた。

「泰衡の首を持参したという者が参りまして。某《それがし》がいったん預かりましてございます」

首の入っているらしき桶《おけ》を持って来たのは梶原景時だった。

「誰か、その果報者は」

「それが、河田次郎《かわだじろう》と申しまして、泰衡の郎党にございます」

頼朝の目がぎらりと光った。

「義盛、重忠、これへ」

和田義盛と重忠が呼ばれた。

「まことの泰衡の首かどうか。実検に及べ」

義盛と重忠は何か二言三言交わすと、捕虜を一人、引き出してきて、首桶をじっくりと確かめさせた。

「間違いなく、泰衡だと申しております」

「さようか」

頼朝はその首桶をそのまま義盛に預けると、その場で声を一際大きくした。

「景時。河田次郎なる者、即刻首を刎ねよ」

居合わせた者は皆、息を呑んだ。

――なぜ……。恩賞に与《あずか》れるのではないのか。

皆が狙っていた、敵の統領の首だ。

「かの者のなしたる事、断じて、この二位にとって功ではない」

頼朝の声は朗々としていた。

「我が軍の力を以てすれば、かような者の手を借りずとも、泰衡の首を得るのはもはや時間の問題であった。父祖代々の恩を忘れて主人を手に掛けるとは、八虐の罪にあたる不届き千万の不忠者じゃ。味方にせよ敵にせよ、度しがたい。後々の戒めのためにも、身の暇《いとま》を与える」

八虐の罪。古代の律令に定められる、謀反《むへん》、謀大逆、謀叛《むほん》、悪逆、不道、大不敬《だいふけい》、不孝《ふきょう》、不義のことだ。頼朝の冷徹で巧妙な裁きに、義時は言葉を失った。

静まりかえった中に、微《かす》かな晩蟬《ばんぜん》の音だけが響く。

その晩、泰衡の首は、貞任の例に倣い、八寸（約二十四センチ）の釘《くぎ》で柱に打ち付けられ、晒《さら》された。

奥州が、頼朝に屈した秋であった。

3、曽我の仇討ち

「行ってらっしゃいませ」

「うむ。留守を頼む。くれぐれも、身体を労《いたわ》れ」

姫《ひめ》の前《まえ》が微笑を浮かべてうなずいた。

——まさに花の顔容《かんばせ》だ。

建久《けんきゅう》四（一一九三）年五月八日。

奥州攻めから四年後の夏。三十一歳になった義時は、駿河《するが》へ赴く頼朝に供奉《ぐぶ》するため、朝早くに支度を調え、新妻に見送られながら屋敷を出た。

——本当はあまり留守にしたくないのだが。

姫の前——実の名は美子《よしこ》だが、義時にとっては今でも召し名であった姫の前の方がしっくりくる——は比企朝宗《ともむね》の娘で、頼朝の館に仕える侍女の一人だった。

思わずはっとさせられる、佳人中の佳人。義時の一目惚《ひとめぼ》れだった。

むろん、そんな姫の前に懸想する者は多く、ある時など、御前に出て来た姫の前の袖があまりにも膨らんでいるのを頼朝が怪しみ、「袖に隠しているものを出して見せよ」と命ずると、果たして、出て来たのはすべて、頼朝の側近たちがなんとか彼女を靡《なび》かせたいと投げ入れた恋文であったという逸話の持ち主だ。

ただ、姫の前は誰にも靡かず、懸想人たちはやがて一人減り、二人減りしていったのだが、義時は最後まで諦めなかった。

「私は、江間さまのことが嫌いなわけではありませぬ。理由《わけ》あって、どの殿方にも嫁ぐわけにはいかないのです」

他の者がみな諦めて、言い寄るのが義時だけになった頃、姫の前はその美しい眉を少しだけ顰《ひそ》めながらそう言った。

「私は諦めませぬ。お気持ちが変わるのを、ずっと待ちます」

義時がここまで姫の前に執着したのには、実は理由があった。

義時の最初の妻は泰子《やすこ》という。やはり頼朝に仕える侍女で、召し名として阿波局《あわのつぼね》を名乗っていた。

出会ったのはまだ頼朝が挙兵する前だから、今から十年以上も前のことになる。妻として迎えてほどなく、男子を一人授かった。寿永《じゆえい》二（一一八三）年のことだ。

だが翌年、義時が平家追討のため、源範頼に随従して西海へ行っている間に、泰子は病で帰らぬ人となった。鎌倉へ帰ってきた時には、既に荼毘《だび》に付された後だった。

早く他の女を娶《めと》るが良い——頼朝も、父の時政もそう言ったが、義時はなかなかさような気持ちになれなかった。自分が「北条氏の跡は継げないらしい」という引け目もあった。

しかし、奥州攻めを完遂して鎌倉に戻った頼朝のもとに、新参の侍女として御目見得《おめみえ》した姫の前を一目見て、義時の胸の内で何かが弾《はじ》けとんだ。

——似ている。

はかなげで華奢《きやしや》だった泰子に比べると、姫の前の方が凜《りん》とした風情は強かったが、それでも、切れ長の目や整った口元など、京わたりの高価な雛《ひな》のごとき繊細な容貌は、泰子を彷彿《ほうふつ》とさせた。

行き詰まった義時の恋路を救ってくれたのは、他でもない、頼朝だった。

建久三（一一九二）年の九月、頼朝は義時を召すと、こう言ってにやりと笑った。

「終生変わらず添い遂げると起請《きしよう》を書くというなら、そなたに姫の前を遣わそう」

起請。もし己の言動に偽りがあれば、この世のあらゆる神仏から罰を受けても良いと誓う、仰々しい証文だ。

なぜ急にかようなことを頼朝が思いついたのかは分からない。この年、三月には朝廷の手強い交渉相手であった後白河上皇が崩御し、七月には征夷《せいい》大将軍の職が頼朝に与えられて、万事機嫌の良い頃であったゆえの気まぐれだったのかもしれぬ。

「書きます。すぐに書いて、持参いたします」

気まぐれであろうとなんであろうと、この機を逃してなるものか——心急《せ》かれつつ、起請を書くため、いったん退出しようとした時だった。

「小四郎」

呼び止めてきたのは、三浦義村だった。

年回りも近く、これまで大きないくさ場を何度も共にしてきたこともあって、互いに遠慮のない口を利きあう仲である。

「そなた、もし姫の前どのが」

そう言いかけて義村《や》は押し黙った。常に似合わぬ歯切れの悪さだ。

「なんだ。言いさして止めるくらいなら、はじめから言うなよ」

「うむ……。その、なんだ……。もし密かに殿のお手が付いていても、妻にする覚悟があるのか」

殿のお手。

「噂になっているぞ。姫の前どのが誰にも靡かぬのは、実は、と」

「まさか」

「みな、そなたには気を遣って耳に入れていないようだが」

義村が偽りを言っているとは思えぬ。かようなことで嘘を言う理由もなかろう。

「それでもどうしてもと言うなら止めぬ。ただ朋友《ほうゆう》として、黙ったまま見過ごすわけにはいかぬと覚悟して、後を追ってきたのだ。よく思案せよ」

義村はそれだけ言うと、くるりと踵《きびす》を返してしまった。

――殿のお手。

飛び込むように自室へ戻って、ばたんと仰向《あおむ》けになる。

あり得ぬ話ではない。いや、ありそうな話だ。なぜ思い至らなかったか。

自分に添わせようというのは、飽きて他の女に目移りしたか、そろそろ政子に露見しかねぬと面倒を恐れたか、あるいは、その両方か。

――姫の前どの。

眉を顰めた、美しく物憂げな顔が天井に浮かんでくる。

――冷静になれ。

もしそうなら、むしろ好都合ではないか。

心惹《ひ》かれた美女を我が物にし、かつ、頼朝に恩を売ることができる。

――そうだ。そう思えばいいのだ。

父時政の後室、牧ノ方は、建久元（一一九〇）年に、とうとう男子を産んでしまった。

父の喜びようはひととおりではない。

策略がなくてはこの世は渡れぬ。そう教えてくれたのは、他でもない、頼朝ではないか。

義時は敢然と起き上がり、文机《ふづくえ》に向かった。

……梵天《ぼんてん》、帝釈《たいしやく》、四大天王《しだいてんのう》、惣《そうじて》日本国中六十余州《よしゆうの》大小神祇《じんぎ》、別《べつして》伊豆、箱根《はこね》両所権現《ごんげん》、三島大明神、八幡大菩薩《だいぼさつ》、天満大自在天神、部類眷属《けんぞく》神罰冥罰《みようばつ》各《おのおの》可罷蒙者也《まかりこうむるべきなり》、仍起請文如件《よつてきしようもんくだんのごとし》。

書き上げた起請を持参すると、頼朝は「本当に良いんだな」と念を押した。

「では早速、今日のうちに迎えてやれ」

こうして神仏への誓いと引き換えに迎えた妻はそろそろ、産み月が近い。

——腹の子の父は。

自分か、それとも。どちらでも、辻褄《つじつま》は合う。

姫の前は何も言わない。

その一点のみをのぞけば、ただただ甲斐甲斐しくひたすら尽くしてくれる、義時には過ぎた妻だ。泰子の忘れ形見である金剛《こんごう》のことも、自分の子のようにかわいがってくれる。

義時も、何も聞かない。聞かないと決めた。

今はただ、無事に身二つになってくれれば良い。側についていてやれそうにないのが残念だが。

そう思いながら、頼朝の供奉をする列に並ぶ。近頃、義時の位置はたいてい、頼朝から一番近い十人までの中に必ず入っている。

駿河へ行く目的は、巻狩《まきがり》である。

いくさに備え、実戦にもっとも近い形でできる武士の鍛錬だが、昨年の三月に後白河上皇が崩御したため、一年間は国家諒闇《りようあん》、殺生禁断となり、行うことのできぬ日が続いた。

喪が明けた三月から、頼朝は下野の那須野《なすの》、信濃の三原《みはら》、武蔵《むさし》の入間野《いるまの》と、立て続けに大がかりな狩を催している。

――こたびは長逗留《ながとうりゆう》になりそうだな。

頼朝は時政に命じて、伊豆と駿河の御家人たちを差配させ、かなり入念に下準備をさせていたようだ。

――若君披露の場でもあろうし。

政子の産んだ嫡子、万寿《まんじゆ》は十二歳。両親としては、そろそろ元服も考えたい頃であろう。

時政が富士野《ふじの》に作らせた宿舎を拠点に、半月以上にもわたって巻狩は続けられた。十六日には、万寿がめでたく初めて鹿を射止められたというので——名手愛甲季隆《あいこうすえたか》のお膳立てによるものではあったが——神事と祝いの宴が催され、義時はその折、神に餅を捧《ささ》げる役目を仰せつかって、面目を施した。

五月二十七日。

疲れのせいか、獲物を打ち損じる者が増え始めた。頼朝は中止も検討したが、かなりの者たちが「まだまだ」と言い張った。

——みないきり立っているようだ。

奥州攻めが完遂してから四年、誰も実戦の場には出ていない。

さらにこの一年は、すべての殺生が禁じられていた。頼朝は「上皇への服喪の姿勢」を厳重に守るよう、配下の者たちに厳しく命じており、その厳しさは、田畑を守ろうとこっそり小鳥を射たのを密告され、流罪になった者まであったほどだった。

そこへ一転、三月からの立て続けの大がかりな狩だ。日に日に積もる疲労とは裏腹に、「より大きな獲物を」と狙う目つきは、みな異様なほど鋭くなっていた。

「では、あと七日間と期限を設けよう。それまで、存分にするが良い」

そう命令が出た、翌二十八日の夜のことである。

既に自分の宿所に戻って、眠りに就いていた義時の耳に、女の悲鳴のような音が聞こえた。

——まだ騒いでいる人があるか。

鎌倉方の武士が大勢来ているというので、夜な夜な、遊女の推参が後を絶たない。頼朝は里見義成《さとみよしなり》に「遊君別当」の役目を与えて、眉目《みめ》好《よ》き者や才芸のある者を選抜し、宿所へ呼ぶことを許していた。

しかし、続いて聞こえてきた気配は、ただごとではなかった。

「出会えー、皆の者出会えー、狼藉者《ろうぜきもの》じゃーー！」

駆けつけようにも、闇夜の上に、あいにくの雷雨である。

——これでは己の鼻先さえ分からぬ。

びしょ濡れになりながら探り探り、どうにか頼朝の宿所へたどり着き、半開きになった蔀戸《しとみど》に手を掛けると、何かぬるっとした感触があった。

——血だ。

獲物の血の臭いに慣れた鼻であっても、それが鹿や鳥の血でないことはすぐに分かった。

頼朝の部屋と思《おぼ》しき方向に灯《あか》りがあるのを見て取って、なんとか廊下を伝っていくと、そこここに死人、怪我人《けがにん》がごろごろしている。

——何だ。何があったというのだ。

三々五々、駆けつけてきた者たちが見たのは、広間の灯りに照らされてぼうっと浮かび上がる、頼朝の渋面だった。

その側で、血しぶきをたっぷり浴びたおどろおどろしい姿のまま、後ろ手に縛られ、猿ぐつわをされた若い男の顔に、義時は見覚えがあった。

――時致《ときむね》じゃないか。

驚いて見ていると、ほどなく和田義盛と梶原景時が姿を見せ、一同を見回すと重々しく言った。

「裁きは後ほど。辰《たつ》の刻（午前八時頃）より、御前お庭にて」

「皆の者、いったんおのおの宿所へ退かれよ」

日が高くなると、時致が庭へ引き出された。主な側近はみな顔を揃《そろ》えて居並び、一様に苦虫を嚙《か》みつぶしたような顔をしている。その中に父時政を見つけて、義時は胸中で「まさか」と呟いていた。

やがて明らかにされた深夜の凶行は、おおよそ次のようなものだった。

宿所に侵入したのは、曽我祐成《そがすけなり》、時致の兄弟。狙いは、親の仇、工藤祐経である。兄弟は、今は曽我を名乗っているが、もともとは河津《かわづ》姓で、伊東《いとう》一族――平家方に味方して滅びている――の流れを引く者だ。工藤と伊東の間には、何代にもわたってこじれた所領争いがあったという。

二人に狙われた祐経はすでに絶命しており、義盛と景時が亡骸《なきがら》を確かめた。兄の祐成は、昨夜居合わせた仁田忠常《にったただつね》に討ち取られ、首級となってこの場に据えられている。

頼朝は、仇討ちに至った兄弟の心根にはいくぶん情けを寄せつつも、時致を斬首と決めて、その身柄を祐経の子に引き渡すと、狩の中止を宣言した。

裁きは決着したように見えた、のだったが。

問題はむしろ、ここから先にあった。

兄弟二人だけの所行にしては、配下の者たちの死傷者が多かったこと、また時致が明らかに頼朝も殺そうと刃を向けてきたこと、さらに何より、多くの者たちが伺候するこの宿所に、易々《やすやす》と兄弟が入り込むことができたのがあまりにも不審なこと。

疑い深い頼朝が、これらを見過ごすはずがなかった。

兄弟を操って、自分を亡き者にしようとした黒幕が配下にいるのではないか――頼朝はそう考え、執拗に多くの者を疑い、追及を始めた。

――父上も疑われるのでは。

時政はこたびの惨劇の舞台となった宿所を手配した責任者だ。しかも、曽我兄弟は父を失ってしばらくの間、母といっしょに時政のもとに身を寄せていたことがあり、元服の際の烏帽子親《えぼしおや》も時政がつとめている。義時が時致の顔を覚えていたのはそのためだ。

以後しばらく、義時は頼朝が時政や政子、それに義時自身にも見せる態度にびくつく日々を送ったが、幸いなことに、時政が疑われている様子はなかった。

結局、この一件の黒幕として誰とはっきり名指しされることはないまま時が過ぎたが、些細《ささい》なことをきっかけに「謀反の疑い」をかけられた者は、数多《あまた》に上った。

いくさ支度を調えていたとして所領を没収、禁錮された多気義幹《たけよしもと》。頼朝の許しを得ずに書状で「源」姓を用いたとして流罪の果てに誅殺された、異母弟の範頼。範頼の縁者であったというだけでやはり誅殺された原小次郎《はらこじろう》。法会の折に女官に恋文を送ったのを咎《とが》められて誅殺された安田義資《やすだよしすけ》。兄の報復を企てたと疑われた、多気義幹の弟、下妻弘《しもつまひろ》幹《もと》。息子の処分を恨んで謀反を企てたとされた安田義資の父、義定《よしさだ》……。

他にも、追及を逃れるために出家し、鎌倉から遠ざからざるを得なくなった大庭景義《かげよし》、岡崎義実《おかざきよしざね》などは、奥州攻めの際には大きな功績のあった古参の御家人だったから、他の者たちはみな震え上がった。

——不満を訴える声もなくなったな。

いくさで手柄を立て、己の所領を広げる——武士のもっとも分かりやすい栄達の途《みち》が、奥州攻め以来ほぼ閉ざされたため、ここ数年は内心に不満を持つ御家人も少なくなかったのだが、この一連の粛清を受け、そうした声は見事にかき消えた。

——この人は。

何でも己の都合の良いように引き寄せる力があるのだ。

——少しでも、せめて、肖《あやか》ろう。

騒動の渦中、姫の前が産み落とした男子の顔――まだ、頼朝と自分、どちらに似ているとも分からない――をつくづくと見ながら、義時が思えるのはそれだけだった。

4、二度目の京

建久六（一一九五）年三月十二日――。

――なるほど、大きなものだ。

義時は奈良《なら》、東大寺《とうだいじ》の大仏殿前にいた。和田義盛率いる先陣の一員として、頼朝の供奉をするためである。

五年前、上洛《じょうらく》する頼朝に随従してきた折は、滞在は京のみだったので、この奈良へ来たのは初めてである。

――四百年以上も前に、これを建立したとは。

驚く他にないが、むろん義時とて、今目の前に見えているのが、その四百年前の姿そのものでないことは知っている。

この古く由緒ある壮麗な寺は、本尊である盧舎那《るしやな》大仏ごと、平清盛の息子の一人、重衡《しげひら》の軍勢によって焼かれてしまった。治承四（一一八〇）年のことだというから、義時が頼朝に従うようになったばかりの頃だ。

その後、頼朝は東大寺の再建のため、かなりの便宜を図ってきたようだ。はじめは後白河上皇との駆け引きのため、上皇の死後は、己の力を世に広く誇示するため、と義時は理解している。

十年前に後白河上皇が自ら導師となって行った大仏の開眼供養《かいげんくよう》に続き、今日は大仏殿の落慶供養が行われる。導師は興福寺《こうふくじ》の別当がつとめ、天皇と、その母である七条院《しちじょういん》の臨席のもと、摂政九条兼実《くじょうかねざね》を筆頭に公家も勢揃いしており、まさに国家を挙げての一大盛儀である。

ただ折悪《おりあ》しく春の嵐が襲来し、公家の従者たちは逃げ惑い、大騒ぎをしている。

――この程度の雨。

義時はじめ、頼朝に供奉する武士たちにとっては、何ほどのこともない。真っ暗闇でもなし、矢が飛んで来ぬだけ、よほどましというものだ。

雨はやがて上がり、なんとも言えぬ若葉の香りが風に乗ってきて、義時はほっと息を吐いた。濡れた兜から、滴がぽたぽたと落ちていく。

――京より、広々として良いな。

義時はあまり、京が好きではない。確かに華やかだが、どうにも何もかもちまちまとして、馬を走らせるのにも太刀弓矢を捧げ持つにも気遣わしく、万事に身が縮むような気がしてしまう。

――木曽《きそ》どのがしくじったのも無理はない。

頼朝に先んじて京へ上りながら、朝廷との交渉の仕方を全く会得できずに自滅した源義仲に、義時はいささか密かに同情するところもある。

そうした京に比べると、この古い都は緑濃く、手足も伸びる気がする。

しかし、東大寺での一連の儀式が終わると、頼朝は京に長く滞在した。義時もたびたび、供として、内裏や石清水八幡宮《いわしみずはちまんぐう》などへ赴いた。こたび、京へ来ているのは、男たちだけではなかった。政子と娘の大姫《おおひめ》も同道しており、女車の列などもある。

四月の十七日、頼朝が宿所としている六波羅《ろくはら》の館に、見覚えのある女車が入ってきた。

――またあの車だ。

丹後局《たんごのつぼね》とかいう、身分の高い尼らしい。

どうも政子と何度も対面している様子である。

――大姫のことだろうか。

頼朝の長女、義時には姪《めい》にあたる姫の行く末については、母の政子は相当心を痛めている様子である。

――無理もない。

十年前、大姫には言い交わした若君がいた。源義仲の息子、義高《よしたか》である。力を付けつつあった義仲と手を結ばんと、頼朝が画策した縁組で、義高はいわば人質として鎌倉に来た身であったが、幼い大姫は、父の命令を素直に聞き入れ、義高を「背《せ》の君《きみ》」と慕うようになったらしい。

しかし、後白河上皇と義仲とが対立するようになると、頼朝はこの縁組を容赦なく破談にした。のみならず、義高を殺す決断をした。

大姫は、義高の命をなんとか助けんがため、幼いながらに必死の智恵《ちえ》を働かせ、女の装束を着せて逃がそうと試みたが、残念なことに義高は頼朝の差し向けた追っ手に捕まり、殺されてしまう。

——あの折の姉上のやり口も。

大姫の機嫌を取ろうとしてなのか、政子は、頼朝の命令を受けて義高を捕縛、殺害した、堀親家《ほりちかいえ》の処罰を強く要求した。はじめは取り合わなかった頼朝も、あまりの政子の剣幕に、親家の家来で、実際に義高に手を下した者を一人斬り、その首を晒した。

政子と頼朝。それぞれの残酷さ、身勝手さに、当時の義時は——いや、今でもだが——震えるしかなかった。

——むしろ、姫はいっそう傷ついたのではないのか。

幼いからいつか忘れるだろう、というのは大人の勝手な言い分だったに違いない。

以来、大姫は笑わなくなった。

母の政子が八方手を尽くし、美しいもの、楽しげなこと——思いつく限りありとあらゆる何もかもを取り揃えて並べてみても、ただただ物憂げなまなざしで見つめるだけで、何の興味も示さない。

そんな大姫に、頼朝と政子は去年、新たな縁組を用意した。相手は一条高能《いちじょうたかよし》。中納言一条能保《よしやす》の子息である。能保の妻は頼朝の妹で、高能と大姫はいとこ同士でもあり、また能保は京と鎌倉とをつなぐ重要人物でもあったから、両親としては良縁と考えたのだろう。

八月、高能ははるばる鎌倉へとやってきた。

ご縁組、まことにめでたい——周りの祝意と安堵《あんど》を尻目に、大姫はこの縁組を頑として受け入れず、館の塗籠《ぬりごめ》に籠もってしまったのだ。

「母上がどうしてもと仰せなら、私はここで命を絶ちます」——ぴったりと閉ざされた戸を隔て、必死に説得する母の政子に、大姫はこう言い放ったという。

結局、このことは相手である高能の耳にも入り、そのまま破談になった。

——まさか。

丹後局は、亡くなった後白河上皇の寵姫《ちょうき》で、女ながらに絶大な権勢を誇ると聞いている。上皇は丹後局本人と、彼女が産んだ皇女に広大な所領を与えたとかで、京の公家たちからは、唐土《もろこし》を傾けた楊貴妃《ようきひ》に喩《たと》えられるほどだという。

後白河上皇亡きあと、今上帝《きんじょうてい》に対しても、局の影響力は及んでいると、確か頼朝は言っていなかったか。

「平家が幼帝を西海に連れ去った時、その帝を廃して、今上の帝を立てよと上皇に進言したのはあの局だそうだ。京も鎌倉も、女の強い世になったものだ」――義時が政子の弟だからだろう、側近く控えていると、時折政子への愚痴とも不満ともつかぬことを頼朝が漏らすことがあるが、そんな折に出て来た名だ。

――もしかして、殿と姉上は。

義時は、姉夫婦の心底を思い巡らせてみた。二人とも、常人の思いも寄らぬ、大胆なことを考えつく人だ。

こたび、二人は長男と長女をわざわざ鎌倉から伴ってきている。長男の万寿は、頻繁に頼朝に同行していて、明らかに誰の目にも「跡継ぎ」を披露して回っていると分かる。相変わらず気鬱に沈みがちな大姫を、あえて京まで連れてきた理由。ただの物見遊山であるはずがない。

――今上帝に差し上げようというのか。

大姫を後宮へ。

あり得ぬ話ではないと思いながらも、義時の胸中にはわだかまるものがあった。

――それでは、清盛と同じではないか。

娘を天皇家へ仕えさせ、外戚となって権勢を固める。

——結局、その途しかないのか。

武家の統領。しかし、武力が役に立つのは、いくさをする時だけだ。平時にも力を誇示しようとすれば、所詮、朝廷との関係にこだわっていくしかないのだろう。

——しかし、もし、そうなれば。

確かまだ、今の帝には皇子は一人もいないと聞いている。

そこへ大姫が入内《じゅだい》して、男子を産んだりすれば。

——私だって、帝の親戚ってことになるかもしれないじゃないか。

そう思いつくと、義時は「ほう」とつい声が出てしまった。

同じ陣の座で控えていた三浦義村が不審そうにこちらを見た。

「いかがした、義時」

「いや、何でもない」

頼朝も政子も、精力的に京のあちこちを動き回り、一行が鎌倉への帰途に就いたのは、すでに夏も暮れようという、六月二十五日のことだった。

畿内、西海諸国の守護など、多くの武家が我先に道中のそこここで見送り、もてなしに奉仕しようというのを、感慨深く見つつ、二十八日、美濃《みの》の青墓《あおはか》まで来た時だった。

「稲毛《いなげ》重成《しげなり》さまという方は、供奉の列においでになりますか」

美濃の守護で、この地での頼朝一行をもてなしてくれている大内惟義《おおうちこれよし》が、和田義盛のもとへ来てそう尋ねているのを、義時は耳にした。

——なんだろう。

重成の妻は、政子や義時には腹違いの妹だ。母を亡くしてから時政に引き取られたが、後妻の牧ノ方とは折り合いが悪かった。重成のもとへ行ってからは夫婦仲がたいそう良くて、打って変わって幸せそうだと、政子が話していたのを、聞いたことがあるが。

「北の方さまがご不例で。病床でしきりに稲毛さまを恋しがっておいでなので、早馬を仕立てられたとのことです」

義盛に呼ばれた重成は、それを聞くとわなわなと震え始めた。

「い、急ぎ、お先に帰国することは許されましょうか」

「うむ……いかがであろうな」

義盛は戸惑った顔をした。

妻の病を理由に供奉の列から離れる——義盛が即座に判断しかねたのも無理はない。

「殿に直々、お許しを願われるがよろしかろう」

ただ、このとき義時は、おそらく頼朝が許すに違いないと確信していた。

かような折にことさら情けを見せ、美談に仕立て、恩を売る。政子も頼朝も、そういうことをしたがるところがある。

果たして、頼朝は寛大に許したばかりか、「下賜いたそう。これに乗って行け」と、諸国の武家から献上された馬の中から、自ら選んだ黒の駿馬《しゅんめ》を重成に与えた。

「こ、このご恩は」

人目も憚らずに涙を流す重成を、頼朝は「挨拶はよい。早く参れ」とことさら鷹揚《おうよう》に送り出した。

「妹を頼みますよ」

隣から、政子もそんな言葉をかけた。

——どうしているか。

義時は自分の妻を思い出した。

富士野の巻狩の折に産まれた男子は、幸い大病を患うこともなく、無事に育っている。確かにもし今、姫の前が病床にあると知らされるようなことがあれば、義時だって駆けて行きたい気持ちになるだろう。

慌ただしく重成がいなくなった後、頼朝は当初の心づもりどおり、出生の地である尾張へ立ち寄って熱田社《あつた》へ参詣したり、遠江《とおとうみ》の国司を視察したり、駿河と伊豆の訴訟に助言したりと、まさに「地方を治める君主」たる振る舞いを見せながら、東海道を進んだ。

七月八日。

——ああ、やはり鎌倉が良い。

実に四ヶ月ぶりの帰国であった。

生国の伊豆も良いが、今となってはやはり、鎌倉こそ我が地だ。

だが、義時と時政は程なく、つい数日前に通ってきたばかりの伊豆へと戻ることになった。

――死んでしまったのか。

重成の妻は、四日前にみまかったという。

服喪の期間については古代の律令による定めが今も原則、守られている。時政は庶子の死、義時は異母の兄弟姉妹の死によって、一ヶ月の間、喪に服さぬ者とは寝食を別にしなければならない。

政子は、比企能員の設けた別邸で過ごすという。比企は万寿の養育全般について頼朝から任されている一族なので、その縁によるものだ。

おのおのの服喪、悲しみはともかく、義時が驚いたのは、挨拶に現れた重成の姿であった。

「北条どの、江間どの。世話になり申した」

「稲毛どの……」

青々とそり落とした頭、墨染めの衣に掛けた袈裟《けさ》、首からかかる数珠……。

「ご出家なされたとは」

「はい。向後は、妻の菩提《ぼだい》を弔って暮らしたいと存じます」

時政や義時に言葉少なに対面する間も、重成のまなざしは終始、遠くを見ていた。

――かような途の選び方もあるとは。

夫が亡くなって尼になる女は多いが、妻が亡くなって直ちに仏門に入るような男を、義時はこれまで、聞いたことがない。

――もはや野心はないと。

不思議な感銘を受けた、秋の初めであった。

5、相模川

建久九（一一九八）年十一月。

「ただ今戻りました」

「ご苦労だったな」

頼朝の鶴岡八幡宮参詣の供から、息子の頼時《よりとき》が戻ってきた。

頼時は今年、十六歳になった。この息子が生まれた時、自分はまだようやく二十歳を一つ越えたばかりだったと思うと、なんとも言えぬ感慨がある。

三年前、十三歳で元服して、名を金剛から頼時と改めた。〝頼〟の一字は頼朝から賜ったものだ。

頼朝は何かとこの息子に目を掛けてくれ、流鏑馬《やぶさめ》や弓始《ゆみはじめ》など、華々しい儀式の人員に加えてくれたり、今日のように晴れの参詣の供として名指ししてくれる。

「父上。どうも近頃、殿のご機嫌があまり……」

「そうか」

無理もない。

三年前の上洛以来、義時は、頼朝の「大姫入内」の野望がいつ叶うかと密かに楽しみにしてきたのだったが——。

残念ながら、それは今のところ果たされていない。というより、完全に頓挫してしまった。

さすがの頼朝にも、鎌倉にいたまま、九条兼実や土御門《つちみかど》通親《みちちか》といった、一癖も二癖もある公家と渡り合うのは難しかったらしく、京から使者が戻るたびに、顔に険しさが増していった。

しかも、昨年の七月には、肝心の大姫本人が病死してしまったのだ。

入内が嫌で自ら命を絶ったのではないかという噂も密かに流れたが、義時の知る限り、大姫を悩ませるほど入内の話が進んでいたとは思えない。

——ご本人の心中は分からぬが。

頼朝と政子の嘆きは深かったが、それでも二人は、大姫の代わりに、八歳年少の妹、乙姫《おとひめ》をと考えたらしい。

ただこれも、朝廷側の情勢の変化により、難しくなっている。

今年の正月、帝は譲位し、上皇となった。新しい〝治天《ちてん》の君《きみ》〟の登場——後白河上皇に続く、院政の始まりである。

これに伴い、新たに帝の位に即いたのは為仁《ためひと》親王——まだ三歳、頼朝が上洛した年の十二月に産まれた幼帝であった。

新上皇には、この帝の他に男子が二人ある。いずれも新帝より年少、まだ乳飲み子だ。つまり、頼朝が大姫の入内を画策しはじめてからこれまでの間に、天皇家には新たに皇子が三人誕生したことになる。

乙姫は十三歳。頼朝はまだ、娘を上皇の後宮へ入れるのを諦めていないようだが、先年の上洛の頃に思い描いていたほど、ことは都合良く運ばないということだろう。

「父上。来月の稲毛入道さまの法会ですが」

稲毛重成は、道全《どうぜん》の法名を得て、相模川のほとり、渡し舟の行き交うあたりに小さな庵《いおり》を結び、念仏三昧の日々を送っている。

ただ、相模川の流れは急で、また変わりやすいため、しばしば舟が流されたり壊れたりして、多くの人が命を落とす。それを見かねた重成は、頼朝の許しを得て、妻への追善を兼ね、私財を擲《なげう》ち、ここに橋を架ける普請を進めていた。それがようよう出来上がり、来月二十七日、落成法要を行うという。

「殿から、お供を仰せつけられました」

「さようか。それは何よりだ」

義時自身ももちろん参列する予定になっている。

――女冥利に尽きるな。

死後ここまで、夫に想《おも》われれば。

いや、自分だって、姫の前への思いは決して、重成に勝るとも劣らぬつもりだ。

妻と息子たちを守りながら、晴れて北条の統領となる。義時にとっては、それが何よりの志だった。


十二月に入ってからは霙《みぞれ》交じりの雨が降るような日もあり、法要の日取りが危ぶまれたが、幸い当日は見事な晴天だった。

頼朝、さらに息子の頼家《よりいえ》――前年、十六歳で朝廷から従五位上に叙された、歴とした頼朝の跡継ぎである――を筆頭に、中原広元《ひろもと》、和田義盛、梶原景時、三善康信《みよしやすのぶ》ら、頼朝の重臣らがずらりと並ぶ中、重成が重々しく法会を進め、やがて順に橋を渡っていく。

「なかなかできることではない」

「素晴らしい。これで往来がたいそう楽になる」

みな口々に重成の善行を褒め称《たた》え、その日は無事に終わった。

はずだった。

「お立ーちー」

前後に五騎ずつの警護を従え、頼朝が帰途に就いた。先ほど渡った橋をもう一度渡って、館へ戻ることになっている。

「おっ！」

見送る者たちがみな一様に声を上げた。

頼朝の乗る鹿毛の馬が、いきなり激しいいななきを上げると、前足を空へ投げ出し、弧を描くように身を反り返した。

ばしゃり。

誰も止めることもできぬ。頼朝の身体が川へ投げ出された。

「早く。早く、誰か」

警護の者が全員馬から飛び降り、川へ入っていく。

ほどなく頼朝は川から引き上げられたが、その顔は青ざめ、唇が紫色になっていた。

「こちらへ。どなたか、お召し替えの御料を」

慌てて重成の庵へ担ぎ込む。

——殿が、落馬されるなんて。

かれこれ二十年以上、頼朝を側近くで見てきたが、馬を操り損なう様など、一度も見るどころか、思い描いたことすらない。

どれくらい経《た》ったろうか。

やがて用意された牛車《ぎっしゃ》に乗せられて、頼朝は館へ戻っていった。

建久九年十二月二十七日。

居並び見送る者たちを、不気味な沈黙が包みこむ中、冬の陽《ひ》が赤々と沈んでいった。

二　頼家

1、十三人

——殿が、死んだ……。

あの頼朝が、かように呆気《あっけ》なく命を落とすなど、誰が想像できたであろう。

建久《けんきゅう》十（一一九九）年一月十三日。

落馬の折に負った怪我から快復することができぬまま、頼朝はその生涯を終えた。五十三歳であった。

朝廷へは「病死」と届け出た。武家の統領の死の理由が、落馬による怪我ではあまりにも外聞が悪い。落馬の件も、梶原景時と和田義盛から、あの折居合わせた者には「口外無用」との厳命が出され、かつ、頼朝の前後を守っていた十人の随従は全員斬首となった。

頼朝がいなくても、朝廷がこれまでのように鎌倉に様々の権限——各地の荘園について、誰が所有権を持つかを差配し、そこから生じる訴訟を裁くのがもっとも大きな権限だ——を認めるのかどうか。

不安に思う者もあったが、二十六日には、頼朝の嫡子、頼家あてに「頼朝の遺跡を相続し、その家人・郎従らに命じて、以前と同じく諸国の守護を奉行せよ」との宣旨《せんじ》――帝の名において下される文書である――が出され、政子も安堵したようだ。

本来は頼朝の喪中だが、最低限の忌みだけ守られれば良いとの中原広元の判断もあり、二月の六日、吉書始《きっしょはじめ》――頼家の名で公の書状の発給が始まることを宣言する儀式である――が行われた。

頼朝が死ぬと、政子はすぐに出家して、尼姿になっていた。

――ずいぶん潔かったことだ。

「京へ迎えの使者を出しなさい。どうしても来ぬと申したら、上皇さまのところへ行って、院宣を出してもらいなさい」

「御意」

政子と頼家は、頼朝の遺志を継いで乙姫の入内を実現させようとしていたが、姫はこのところ病がちだった。京から鍼《はり》の名医を呼び寄せようとして断られたと、政子はたいへんな剣幕で怒っている。

――鍼博士《しんのはかせ》の派遣に院宣とは。

ただ、政子が苛立《いらだ》ち、不安に思っているのは、娘のことだけではなかった。

――中将さま、か。

甥《おい》とは言っても、朝廷から従五位上の位と、左近衛《さこんえの》中将の官職とを授けられている頼家と、無位無冠の義時とでは、身分がかけ離れているので、かような呼び方になる。

頼朝の跡を継いで、鎌倉を率いることになった頼家は、まだ十八歳の若者である。

頼朝が期待をかけて養育しただけあって、弓矢や太刀などの武の道に加え、和漢の詩歌や管弦、蹴鞠《けまり》などの公家ふうの教養も身に備えた公達《きんだち》と、かねがね聞こえは高かったのだが、実際政務にあたるようになって、風向きが変わってきていた。

「亡き殿ならかようなご裁定はしない」「殿のお決めになったことと違う」「なぜ先例を蔑《ないがし》ろにするのか」「なぜあちらの訴訟の方が先に取り上げられるのか」……一つ一つは些事末事ながら、日に日に不満を募らせる御家人は多く、それがみな政子のところへ持ち込まれて、「尼御台所」は苦慮していた。

四月十一日の夕刻、義時は中原広元に呼び出された。

「江間どの。実はですな」

広元の話というのは、訴訟に関する頼家の裁定を牽制《けんせい》しよう、という腹案だった。

「今は、どの公事をお取り上げになるか、またお取り上げになった件について、誰から話を聞き取るかまで、すべて中将さまの裁量になっておるわけですが」

広元は小さく咳払いをした。もともと、朝廷で文書類を扱う外記の職にあったという広元は、鎌倉では誰もが一目も二目も置く知恵者である。

「中将さまお一人の耳目では限りもございましょう。偏りがあってもいけませんので、お取り次ぎの人員を定めようという話になりまして」

広元は義時の前に巻紙を広げた。

梶原景時
和田義盛
安達盛長《もりなが》
三浦義澄
北条時政
比企能員
足立遠元《あだちとおもと》
八田知家
三善康信
二階堂行政《にかいどうゆきまさ》
中原親能
中原広元

「今、この方々に、僭越《せんえつ》ながらこの広元がお願いをしてお受けいただきました。それを御台さまにお諮りしたところ、ぜひ、江間どのにも加わっていただけとのことなのですが、いかがでしょう。……私から無理にとは申しませんが」

広元の口調に、微かだが、納まりきらないものを感じた。

実際にここに名が並んでいる十二人は、みな義時よりずっと年長で、すでにどこかの国の守護などをつとめているか、あるいは、政所《まんどころ》や侍所、問注所などでなんらかの職務に就いてきた者ばかりである。確かにこの顔ぶれから監督、意見されれば、頼家の気負った独善の矛先もいくらか鈍るだろう。

――姉上が私を強引にこの一員にと。

広元の方では、特に義時を必要だと思っていない、ということらしい。それはまあ、そうだろう。

――そうか、これまでの私は。

単に、頼朝のお側衆だったゆえに、自分も政に深くかかわっているような気になっていたに過ぎないのだ。

改めて、頼朝がいなくなった意味の大きさに気付く。

「いかがでしょう。訴訟の先例などさまざま、学んでいただくことになりますが」

むろん、辞退などして良いはずもない。

「やります」

諸方から届く訴状に目を通し、頼家に取り次ぐべきものを選ぶ――義時が新しい習慣に目を開かれる思いをしていた頃、人々の願いも空《むな》しく、乙姫が露が消えるように息を引き取った。享年わずか十四歳、六月三十日のことだった。

本当に院宣を出させて、京から鍼博士を呼びつけ、少しでも良いと噂のある薬石はすべて試し、さらには加持よ祈禱《きとう》よと心を尽くしていた政子は、人目も憚らずに大声で泣き続けた。

——入内の夢は、潰《つい》えたか。

しかし、大姫といい、乙姫といい、両親の力強さに比して、かくもはかなき風情なのは、なんとも哀れなことである。

一方、兄の頼家はまさに親譲りで身も心も気が有り余っているのか、相変わらず政務には精力的で、このところは荒れ地を田畑にするための方策などに力を入れている。

——それはまあ、良いのだが。

あちらの方も、血筋は争えぬのだろうか。

妹の忌みが明けるのを待ち構えていたように、頼家はかねて執心の女を力尽くで我が物にした。

好色も武勇のうち——亡き頼朝も、父の時政もそう思っている節がある。正直、義時は気後れや違和感を感じずにはいられないが、こたびの頼家のやり口はいっそう酷《ひど》く思われる。

――配下の者の妾《めかけ》を奪うとは。

頼家ご執心の女は、安達景盛《かげもり》の側女だ。

何度手紙を送っても「自分は主《ぬし》ある者ですので」と断られていたのだが、頼家は景盛にわざと三河国《みかわ》への使節を命じて鎌倉を留守にさせると、その間に側近を差し向けて女を奪い、自分の御所の離れに押し込めてしまった。逃げ出されるのを恐れ、側近の五人の他にはこの離れの周囲に立ち入ることさえ禁じている。

「夜な夜な女のひいひいという高い悲鳴が聞こえて眠れない」――御所で宿直《とのい》をする侍たちのうちには、密かにこう嘆く者も少なくないようだ。

頼朝も好色ではあったが、そこまでの暴挙をする人ではなかった。

八月十九日。

政子の侍女の一人が、密かに義時の屋敷を訪れた。

「御台さまからのご伝言です。今宵《こよい》、安達盛長さまの屋敷へお渡りになるので、随従願いたいと。ただ、このことはくれぐれも他言無用にとのことです」

侍女はそれだけ言いおくと、すぐに姿を消した。

――なんだろう。

盛長は景盛の父で、頼朝が亡くなった折、出家を許されたほどの古参の側近である。

日が暮れたのち、郎従を十人ほど従え、指図どおり、政子の乗った牛車に随従して、甘縄《あまなわ》にある盛長の屋敷を目指すと、他にも大勢の武士が同じように西南の方へ向かっていた。政子の列と気付いて、みな一様に道を空けていく。

——これでは、まるでいくさでも始まるようではないか。

不審に思いつつも進むと、盛長の屋敷の前には、赤々と松明《たいまつ》が点《とも》されていた。頼家の側近の一人、小笠原長経《おがさわらながつね》が明らかにいくさ支度をして、郎従に弓を構えさせている。

「御台さまのお渡りです」

先触れの者の言葉に小笠原の配下たちがみな驚き、慌てて弓の弦を緩めていく。

「御台さま……」

政子が中へ入ると、盛長が涙を流して迎えた。その場にはすでに、二階堂行光《ゆきみつ》や中原親広《ちかひろ》といった、義時と年回りの近い能吏が駆けつけていた。

「なんとかこの騒ぎ、私が鎮めよう。中将さまには、次のように伝えるが良い」

尼姿の政子から、凛とした声が響いた。

「安達の者たちは、亡き殿の信厚き人々じゃ。中将さまがどうしても安達九郎《くろう》を誅殺なさるというなら、まず罪状を明白になさるが良い。亡き殿の名代として」

政子がここぞとばかりに言葉に力を込めた。

「亡き殿の名代として、この御台所が承る。事情も問わずに、安達九郎を手にかけようというなら、その矢は私に当たるが、それでも良いか」

いつもながら見事な弁舌懸河《けんが》ぶり、聞いている者がみな息を呑むのが分かる。

政子はその言葉を行光に書き取らせると、頼家のところへ持っていくように告げた。

義時はようやく、事情が飲み込めてきた。

頼家は、安達九郎、つまり景盛に謀反の疑いをかけて、小笠原に討ち取れと命じたらしい。

――誰か、讒言でもしたのか。

頼家に側女を奪われたからと、謀反を企《たくら》むほど、景盛に蛮勇があるとも思えないが。

果たして、夜がすっかり更けた頃、小笠原の配下たちは皆、屋敷の前から姿を消した。

「九郎をこれへ」

政子の前に、景盛がかしこまった。

「こたびはいったん、収まったが、今後ことと次第によれば、私の力が及ばぬ折もあろう。そなたに野心はないと、起請を書くが良い。私が直々に、中将さまに届けよう」

盛長と景盛が、政子を伏し拝んでいる。

その後、政子は景盛の起請を携えて御所へ戻った。

「私はこれから中将さまと対面するが、小四郎」

「はい」

「明日、そなたとも内々で話したいことがある。阿波局のところで待っておれ」

――阿波局か。

義時の最初の妻と同じ召し名だが、こちらは義時にとっては異母妹にあたる人だ。泰子が義時の妻になり、頼朝の側を去ってのち、この名はこの妹のものになった。

阿波局は、父時政の屋敷の別棟に住んでいる。翌日そこへ行くと、まだ政子は来ていなかった。

「久方ぶりですね、小四郎さま」

「そうだな。いつ以来か」

「近頃は、奇妙な夢見はありませぬか」

阿波局には人の夢を聞いては〝夢解き〟をするという、いささか風変わりな癖があった。

なんでも、ごく幼い頃、流れ星が懐に飛び込んでくる夢を見たことがあるという。それを政子に話したら「それは不吉な夢だから、私が買い取ってあげよう」と言われ、砂金一袋と引き換えに「売った」――自分に不要な夢は、売れば身から離れていくと考えられている。

ただ、大人になってから考えるとそれは「政子に騙《だま》されたのだ」と思い至ったらしい。「あの夢を売らなければ、頼朝さまと結婚できたのは私だったのに」――阿波局はそう思い、以来、書物を読みあさり、夢占や夢告について相当の知識を得た。時には伝手《つて》を辿り、京の陰陽《おんみょう》博士などに教えを乞うほどの熱心さである。

今では恋に悩む侍女などが、局のもとに相談を持ち込むことも多いらしい。

義時は、初陣のいくさの場で一瞬のうたた寝の夢に見た光の輪のことを、阿波局に話したことがある。「それはたいへんな夢ですよ」と局はその時言った。

「天下をひっくり返すという夢です」——そう言われて、義時は大笑いした。

自分にさようなことがあるはずがない。ただ、局があまりにも「その夢、絶対に、他人に売ってはなりませぬよ」と念を押すので、以来この夢の話は誰にもしていない。

「御台さまがおいでになりました」

侍女の一人がそう告げて、政子が姿を見せた。

「小四郎。昨日はご苦労」

頼家との対面はどうやらかなり骨の折れることだったのか、顔つきが険しい。

「今日の話というのは、他でもない。万寿のことじゃ」

万寿は頼家の幼名である。

「と言われますと」

阿波局が先を促した。

「あまりにも、乳母《めのと》の一族ばかりを重用して、北条を、この母を蔑ろにするように思えてならぬ」

「それはいったいどういう」

小四郎が言いかけると、政子はいっそう厳しい口調になった。

「そなた、父上には思うところもあろうが、今はいったんそれは措《お》いておくれぬか。そうでないと」

政子がそこで息を継ぐと、阿波局が口を挟んだ。

「北条そのものが没落する、と御台さまはおっしゃりたいのでしょう。私も気になっておりました」

「そう、そなたの言うとおり。小四郎が跡を継げるかどうか以前に、継ぐに値するほど北条が力を持っていられるかどうか」

義時には、姉妹たちの言うことがまだよく分かっていなかった。

「私が、千幡《せんまん》さまでなくて、万寿さまの乳母になれていたら良かったのですけれど」

――そうか。

うかつであった。

頼朝は、自分と政子との間にできた子を〝上﨟風《じょうろう》〟に育てることを望んだ。その方法のひとつが、乳母の存在である。

乳母は単に乳を与えるだけの存在ではない。その夫、また、主人の子より少し先に産まれた己の子らとともに、一生を支える。

頼朝が乳母を重んじたのは、自分の生い立ちに学ぶところもあったのだろう。いったんは流人の身にまで落ちた自分が、日の本一の武家の統領にまで上り詰めることができたのは、乳母であった比企尼が、二十年もの長きにわたり、仕送りを続けてくれたからだと、頼朝はずっと感謝していた。比企尼に報いる意味もあってだろう、頼家が産まれた時、頼朝は比企尼の次女と三女を、乳母に任じたのだ。

さらに頼朝は、古参の側近である梶原景時の妻も、頼家の乳母にしている。

「比企一族や景時の貢献は私も認める。しかし、北条より出すぎることは許さない。絶対に」

政子の唇が震えていた。

「とりわけ、けしからぬのは比企じゃ。勝手に娘を近づけて、万寿の手が付くように仕向けるなど、許せぬ」

現在比企家の当主である比企能員は、比企尼の甥だ。男子のいない尼の養子となって、一族を継いでいる。その能員の娘が頼家の妻となったのは、頼朝も承知しており、決して「勝手に娘を近づけて」ではなかったはずなのだが、どうやら政子には認めがたいことだったようだ。

その娘——若狭局《わかさのつぼね》と呼ばれている——は、去年、男子を産んでいる。その子が頼家の跡を継ぐことになれば、比企一族がさらに幅を利かせるのは必定だ。

「例の側近には、比企の息子が二人も入っている。どう見ても、万寿は比企のいいようにされているとしか思えぬ」

例の側近、というのは、頼家のお側衆を務める、若い五人のことだ。景盛の側女を奪う手先にもなっていた。景盛を襲おうと屋敷へやってきた小笠原長経の他、比企宗員《むねかず》、比企時員《ときかず》、中野《なかの》能成《よしなり》、それに義時の異母弟の五郎こと時連《ときつら》も入っている。

「五郎もいますが」

義時が言うと、政子は間髪容《い》れずに「あれは間諜《かんちょう》。蹴鞠が上手だから、万寿に気に入られるよう、あえて比企の者たちに迎合して、怪しまれぬように言い含めてある」と呟いた。

「確かに、亡き殿を長く支えたことは比企の功績じゃ。されど」

ぎりっと音がして、義時は驚いた。政子が腕にかけていた数珠を握りしめた音だった。

「北条が、この政子がいなければ、今のこの関東はなかったはず。それを忘れて、北条を蔑ろにすることは絶対に許さぬ。二人とも、油断なく周りを見ていてほしい。小四郎は、訴訟が比企の都合の良いように曲げられぬよう、くれぐれも目を光らせよ。局は女たちの噂を、どんなことでも良い、集めておくれ。良いな。……比企に肩入れする者の力は、なんとしても削《そ》いでいかねば」

政子は尼の衣を翻して立ち上がると、その場から去って行った。

「小四郎どのもしっかりなさって。もう綱引きは始まっているのだから」

「綱引き?」

「そうよ。北条と比企との。まあ、昨夜の一件で、安達は御台さまの味方につくでしょうけどね」

そういえば、盛長の妻で、殺されそうになった景盛の母でもある丹後内侍《たんごのないし》は、比企尼の長女だ。

側女の件を、政子がうまく使ったということだろうか。それにしても、どうやって。

「私が知り合いの侍女たちを使って、梶原さまの耳に、ちょっとした噂が届くようにしたのよ。いつもこううまく行けば良いけれど」

ここで改めて景時の名が出て、義時は合点がいった。

頼朝にとっては最古参の側近だ。妻が頼家の乳母に選ばれたことからも分かる通り、寄せていた信頼も大きかった。

景時は弁舌の巧みな知恵者でもあって、数多いる御家人の〝目付役〟として動くことが多い。義経の勝手な振る舞いを止めさせようと奔走したのも景時である。

景盛が側女の件で恨んで、いくさも辞さないと言っている――もし景時がさような噂を聞き込めば、必ず頼家に「ご注進」に及ぶだろう。

頼家はおそらく、真っ先に側近たちと相談したに違いない。その中には時連が交じっていて——。

「こたびの件、安達の方では、梶原さまのこともきっと恨みに思ったでしょうし……この先何かあれば、それもきっと好都合」

義時は、政子と阿波局に恐怖を覚えた。それが伝わったのか、局がにやっと笑った。

「私、御台さまに夢を売ったでしょう。でもこうして少しずつ、いくらか買い戻そうと思っているのよ」

阿波局の夫は、頼朝の異母弟だ。母は平清盛の情けを受けたとして知られる常盤御前《ときわごぜん》で、義経の同母兄でもある。

子どもの頃出家させられて法体だが、頼朝の挙兵に合流し、その後に局と結婚した。頼朝から駿河国阿野庄《あののしょう》を与えられて、今では阿野全成《ぜんじょう》と名乗っている。

政子の揺るぎない自尊心。局のしたたかな野望。

——殿の死は。

もしかして、平氏討伐や藤原氏討伐より、長く過酷ないくさの始まりだったのかもしれぬ。

そう思い至り、義時は大事なことを一つ思い出した。

自分の妻——姫の前は、比企能員の兄、朝宗の娘だ。能員は叔父にあたる。

おそらく頼朝は、比企と北条とが手を結ぶよう、考えてもいたに違いない。

――なんとか、穏便に収まらぬだろうか。

生涯離縁せぬ――頼朝に差し出した起請。

あの起請を破るような真似はしたくない。いや、起請があろうとなかろうと、姫の前との今の暮らしを、義時は何よりかけがえのないものに思っている。

帰途、遥かに見えた鶴岡八幡宮の鳥居に、義時は思わず、祈らずにはいられなかった。

2、景時

……南無阿弥陀仏、南無阿弥陀仏、南無阿弥陀仏……。

正治《しょうじ》元（一一九九）年十月二十五日。

――なんだ?

警護にあたる侍の詰め所から、阿弥陀仏の名号を唱える声が止めどなく流れてくる。

義時が首を傾《かし》げていると、従者の藤馬が「あれですか」と言った。

「結城朝光《ゆうきともみつ》さまです。夢告を得られたとかで。〝今日出仕なさっている方々は、一人一万回、弥陀の名号を唱えよ。亡き殿の菩提の御為である〟とお勧めに」

朝光は義時より五つほど若いが、落ち着きも人望もあり、一目置いている人物の一人だ。容貌も人目を惹くほど整っていて、御所に仕える女たちからの人気も高い。

ただ、頼朝に誰よりも深く心酔していたようで、その死去の折は「自分も出家したい」と願い出た。しかし、年も若いことから、出家を許される人の数には入っておらず、たいそう落胆したらしい。そのせいか、近頃はどこか浮世離れした言動も見られるようになっていた。

夢告と聞いてなんとなく胸騒ぎがした義時だったが、その日は何事もなく過ぎた。

――考えすぎか。

事がすでに動いていたのを義時が知ったのは、二日後の夜のことであった。

「三浦さまがおいでです」

尋ねてきた三浦義村の顔が、妙に上気している。

「何かあったのか」

「うむ。ぜひ、そなたにも加わってもらいたい」

自分でも高揚感を抑えかねていたのだろう、義村は話しだそうとしてまず、ふうっと息を深く吐き出した。

「実は、七郎《しちろう》から相談があったのだ」

七郎とは、結城朝光のことだ。義時は嫌な予感がした。

義村の話というのは――。

一昨日、みなに弥陀の名号を唱えるよう促していた折、感極まった朝光はつい、「忠臣は二君に仕えずという。ご遺言とはいえ、殿のご逝去の折に出家が叶わなかったことは生涯の悔いだ。また、今のご時世は、私にとっては薄氷を踏むごとく、危ういものに思われてならない」と述懐してしまったらしい。

——それが、何かまずいのか？

いささか感傷的だが、まあ朝光ならそのくらいのことを言ってもみな驚かぬだろう。

「ところが、今朝、七郎のところに、阿波局が血相変えて飛び込んできたというのだ。〝中将さまがそなたを誅殺なさろうとしています。そなたが中将さまのご治政を誹《そし》ったと、梶原さまが言上なさったようです〟と」

「なんだと……」

二の句が継げない。

景時なら確かにさようなことを言いそうでもあり、さりとて、何か阿波局の方に、作為がありそうにも思える。

「それで、どうしようというのだ」

義時も正直、景時の人物については、あまり好ましく思っていない。いつも見張られ、見透かされているような、対面するとどうにも居心地の悪い相手だ。景時と朝光なら、朝光に味方してやりたい、というのが、義時の率直なところではあった。

「梶原の言い分はあんまりだ。そもそも、これまでだって、ヤツの讒言のせいで命を失ったり、住み慣れた土地を追われたりした者は大勢いる。むしろ梶原の方を賊として退治すべきだと思ったんだが」

義村の目に紙燭《しそく》の灯りがゆらゆらと揺れる。激高して声が高くなるのを、再び息を深く吐いて抑えている様子が、恐ろしいまでに迫ってくる。

「今、武を以て動けば、関東の乱れにつながってしまう。なんとか方法はないかと、和田さま、安達さまに相談したんだ」

和田義盛、安達盛長。梶原に並ぶ古参の二人だ。

「お二人からは、むしろ景時のこれまでの罪状をまとめ、中将さまに裁きを願う旨の書状を作って、同心する者の署名連判を集めてはどうかと」

書状の作成は頼朝の右筆だった中原仲業《なかなり》が進んで引き受け、義村と朝光は同心してくれる者を集めて回っているということらしい。

「見てくれ。もう三十人ほど集まっている。さっき、そなたの父上のところにも行ってきた。進んで同心しようと言ってくれた」

義村が書き付けを取り出した。

和田義盛、安達盛長と息子の景盛、義村の父義澄、千葉常胤と息子の胤正《たねまさ》、畠山重忠、比企能員、足立遠元、二階堂行光、佐々木盛綱《ささきもりつな》、北条時政……。

――これは、加わっておいた方が良さそうだ。

「分かった。同心しよう」

「そうか。では」

義村がまた深く息を吐いた。

「明日の巳の刻に、鶴岡八幡宮の回廊へ来てくれ。みなの前で訴状を読み上げ、署名と花押をもらう」

神前で、裏切り者が出ないことを確かめようということらしい。

「承知した」


翌日、八幡の回廊には六十六人が集結し、訴状が披露された。

……壇ノ浦のいくさにては、恩賞あるべき者の名を不当に消し、本来無用の訴訟を生じて政を混乱せしめ、またその後も、謀反の意志なき者を、何の証もなく咎めて恥辱を与え、無用の恨みを生じて人心を惑わし……

読み上げる仲業の声は震えていたが、文章は見事で、誰も異論を唱える者はなく、続々と署名と花押が増えていった。

作成された訴状は、中原広元に預けられることになった。広元自身の名は書状にないが、むしろ「もっとも公正な人物」として、頼家への取り次ぎが託されたのだ。

——どうなるのだろう。

すぐにも動きがあるものと身構えていたが、月が変わり、十日が過ぎても、頼家からは何の沙汰もない。

「どういうことだ」

「握りつぶすのか」

同心した六十六人は、互いに顔を合わせる度に苛立ちを露《あら》わにするようになった。朝光は精進潔斎して自邸に閉じこもっている。

このままでは、間違いなく、弓引くことになる——そう思っていると、ようやく十一月十三日、景時が頼家の御前に召し出されたという知らせが入った。

「兵庫頭《ひょうごのかみ》さまが迷っていたらしい。なんとか穏やかに和解する途がないかと」

侍所で義村がそう教えてくれた。広元は朝廷から正五位下兵庫頭を授けられている能吏でもあるから、できれば争いの種になる言動は避けたかったのだろう。

「和田さまが詰め寄ったそうだ。景時一人と、連判の六十六人、どちらを取るのかと」

義盛には七年前、長らく続けていた侍所別当の職を、景時に取って代わられるという不本意な一件があった。交代の理由は義時には分からないが、義盛が根に持っているのは事実のようだ。

頼家と景時がどういうやりとりをしているのか知りたい——しかし、立ち会えという命令もないのに、自分から御前へ行くわけにもいかない。

頼朝には側近である「祗候衆」として仕えていたので、様々な場を自分も目の当たりにすることができたが、頼家に対してはあくまで「訴状取り次ぎ」の立場でしかない。事情をすぐに知ることのできないもどかしさがあった。

——父上は呼ばれているようだが。

何か関わりのある件もあったろうか。

あの折の書状にはなかったが、書状が出て以後、さらに続々と、景時の罪状を追加する上申書も出されていると聞いている。

「梶原さまは謹慎するそうだ」

「鎌倉を出て、領国の相模へ引っ込まれるらしい」

ざわざわと、御前での様子が噂として伝わってきた。

弁舌巧みな景時も、こたびの大勢から向けられた恨み辛みの訴状には抗しきれなかったらしい。

やがて父の時政が、目に涙を浮かべながら御前から下がってきた。

「父上。いかがでしたか、ご評定は」

「うむ。こちらからも新たな訴えをしていたのだ。中将さまはなかなか頑固だったが、仕舞いにはこちらの言い分を聞き入れてくださった」

「新たな訴えといいますと」

「うむ。梶原は、わしのことを、〝中将さまを廃し、弟君の千幡さまに家督を継承させようと画策している〟と追及しようとしていたというのだ。讒言にもほどがある」

義時は耳を疑った。

――そんな大それたこと……。

千幡はまだ八歳だ。さようなことができるはずがない。

――しかし、政子なら。

ふとその胸中を忖度してみる。

比企一族を頼家から引き離すことに心を砕くより、いっそ頼家を廃して、統領の座に千幡をつければ良い。実務は周りが見れば良い、今だってむしろ、頼家が自ら精力的に政務に当たろうとするのを煩《わずら》わしく、あるいは不満に思っている御家人たちも多いのだから。

政子、そして、阿波局が父と結託すれば、さようなことも企みかねぬ、のかもしれぬ。

あるいは、今そこまで考えているかどうかはともかく、そう企んでいると、疑われても仕方のない立場に、北条はあるということだ。

そうした北条の本音に、真っ先に探りを入れてきそうな景時を、こちらから先手を打って封じようとしたのだとしたら。

——ことの発端は、……朝光の夢だった。

もう、そこから、阿波局なのか？

「わしもつい男泣きしてしまってな。〝さような疑いをかけられては、これ以上ご奉仕のしようもない、お恐れながら、中将さまにとって某は祖父でもあるのですぞ〟と、つい気色ばんでにじり寄ってしまった」

父は、自分の言葉に酔っているように見える。企んでいるというよりは、踊らされているということか。

この父から一族の長の座をもぎ取りたい。江間小四郎ではなく、北条義時として世に広く一目置かれる武士になりたい——今もその野望は捨てていない。

しかし、野望の先にあるのは、いったいなんだろう。

武家の統領たる将軍に仕えて生きていくというのは、どういうことなのか。

ふと空恐ろしくなりつつも、義時は己を奮い立たせた。

——こういうものなのだ、武家の世とは。

思い出せ。頼朝から学んだことを。あの非情さを。

己の行く末を妨げるかもしれぬものは、芽の内に潰す。母から子を奪って海へ投げ捨ててでも、己の途を行く、あの覚悟がなければ。

景時はその日のうちに、一族を率いて鎌倉を離れていった。

「これではいつ、この身に弓矢を向けられてもおかしくない」——頼家の御前から下がる時には、そう呟いていたという。

3、阿野全成

正治二（一二〇〇）年十二月。

——あれから、もう一年近くなるのか。

相模に退いた景時は、その後も何度か鎌倉での復権を図ったが、結局認められなかった。

すると、正治二年の正月、梶原は何を思ったか、一族を率いて東海道を西へ向かった。

鎌倉では、これを西国の武家との共闘を企ての謀反と判断、三浦義村らを征討軍として派遣した。

景時は、息子の景季らとともにすでに駿河国清見関《きよみがせき》にまで至っていたが、その動きを不審と見た在地の御家人、吉川友兼《きっかわともかね》らの手によって誅殺された。

——おそらく、父上から手が回っていたのだろうな。

伊豆と駿河は隣国、吉川友兼と父時政とは旧知の仲だ。「景時がもし、西への動きを見せたら殺して構わぬ、申し開きは十分に立つ」とでも伝えてあったのだろう。

西へ向かったのは、単に京で職を得たかっただけかもしれないと、友兼がいきなり誅殺したことを良しとしない、広元などの意見もなくはなかったが、「謀反だ」「鎌倉を裏切ろうとした」との激しい糾弾の声にかき消された。

——父上の影が大きくなっている。

時政は今年の四月、従五位下に叙され、遠江守に任じられた。娘の一人を京の公家の妻にしていて、その縁がうまく辿れたのと、政子が頼家に強く朝廷への推挙を迫ったのとが功を奏しての叙位任官だったらしい。

源氏の血筋に列ならない、単なる御家人の身分で、朝廷から国司として認められた者はこれまでに例がなく、他から一目置かれるようになっている。

そして政子だ。

こちらも、いったん頼朝に退けられた岡崎義実に、古参の功績と老齢の身を案じて所領を与えるよう頼家に進言したり、以前に政子の侍女をしており、その後景時の息子に縁付いたため、こたびの騒動で身寄りをなくした女に対して、もともとこの女が自身の名で与えられていた所領は没収しないよう計らってやるなど、味方を増やすことに余念がない。

義時自身はと言えば——父や姉のように派手なことはないものの、悪くない日を送っていると言えよう。訴訟ごとについての知識はそれなりに身に付いてきて、近頃では広元から裁きに意見を求められるようなこともある。頼家の御前に呼ばれずに疎外感を味わうこともなくなってきた。

――息子も増えたことだし。

自ら望んだわけではないが、時政の勧めで常陸《ひたち》国の伊佐《いさ》氏出身の娘を妾とした。頼家の侍女だった女だ。伊佐氏とのつながりを深めること、また、頼朝の侍女を正妻にする義時が、さらに頼家の侍女を妾に持てば、己の格が上がるだろうという、父や姉の策略でもあった。

今年その女が男子を産んだ。頼家からは馬が、政子からは産着が下賜されて、確かに己の扱いが重くなった実感を味わうことはできた。

――さて、きたる元旦の垸飯《おうばん》役は誰だろう。

垸飯とは儀式の折、宴で最初に主君の食膳を献上する役目だが、元旦にこの役をつとめることは、事実上「御家人筆頭」であると周りに誇示することになる。

今年の元旦の垸飯を、はじめ頼家は千葉常胤にさせるつもりであったらしいのを、政子が無理矢理、「時政どのに」と代えさせたという一件があった。常胤はさぞ不服に思ったに違いない。

――もめ事にならなければ良いが。

そう思っていると、「書状が届きました。遣いの者が、急ぎだと言っていますが」と声がした。

受け取ってみると、善信入道《ぜんしんにゅうどう》――二十年ほど前に出家して以来こう名乗っている――こと、三善康信からである。即刻、御所へおいで願いたいとある。

――なんだ。

善信は訴訟ごとを統括する問注所の長官だ。

「承ったと伝えてくれ」

行ってみると、中原広元や親能といった政所の重役に加え、父の時政や比企能員なども顔を揃えている。

「かようなご裁可には、とうてい従えませぬ。皆さまも同意見だと思うが、いかがか」

日ごろ冷静な康信がずいぶん気色ばんでいるので訝《いぶか》しく思ったが、子細を聞けば、それも無理はなかった。

――それで源性《げんしょう》を。

源性は真言の僧侶だが、希代の算術者でもある。

近頃頼家は、源性を何度も御所へ召し、しきりに何やら計算をさせていた。

「これはめちゃくちゃだ。中将さまの横暴です」

「なんのためにこれまで奉公してきたのだ。冗談ではない」

「我らの所領は、亡き殿がお許しになったものです。それを奪うとは」

頼家が源性に計算させていたのは、有力な御家人や官吏たちの所領の広さだった。

一人当たり五百町（約四九五万平方メートル）を越える分については没収し、現在の側近のうち、まだ所領を持たぬ者に応分に分け与える――これが頼家の出してきた裁可だった。

――ひどいな。かなり露骨だ。

より多くの者が所領を持ちうるようにして、鎌倉に忠誠を誓う者に報い、支配を安定させたい――表向き、頼家はそう謳《うた》っており、それはそれでまったくの嘘ではなかろうが、狙いはどうやら別のところにあるようだ。魂胆はすぐ分かった。

もし、頼家の言うとおりにこの命令が執行されれば、訴訟を取り次ぐ十三人――現在は誅殺された梶原景時、病死した三浦義澄、安達盛長が欠けて十人になっている――の古参はみな所領が減り、側近として召し使っている若手が新たに所領を得ることになる。

――自分の言うことを聞く者だけ、厚遇しようというのか。

ただ、これに対しては、時政や能員といった御家人よりも、善信や広元といった官吏たちの反発が強かった。

十人のうち、善信や広元、親能、二階堂行政といった武家でない者、つまり、地方に本拠を持たない、京の下級貴族の出の者にとって、京を離れて鎌倉方に仕えるというのはある種の「賭け」だったはずだ。

有能でありながら、そのまま京にいたら一生、猟官運動に心をすり減らし、上級の有力貴族らに頭を下げ続けなければならなかったであろう彼らにとって、頼朝から許された所領の多さは、その「賭け」に勝った証し、京の貴族社会に対する優越感の拠り所に他ならない。

残念ながら頼家には、そうした京出身の能吏たちの気持ちを慮《おもんぱか》る智恵はなかったらしい。

「さようなことを断行すれば、取り立ててこれといった功績のない者が所領を得、反対に、落ち度のない者が奪われることになる。必ず不平不満を持つ者が出ましょう」

善信がいつになく強い口調で頼家ににじり寄っている。傍らでは広元も深くうなずいていた。

「どうしてもとおっしゃるなら、某も、それに中原どのも、今の職を辞めさせていただく。かように愚かな策を指図する文書など作れませぬ」

善信の言葉を聞いて、時政や能員が色めき立った。

今、広元や善信に辞められたら、政所も問注所もたちどころに滞ってしまうだろう。

「分かった。この案はいったん、保留とする」

廃す、と言わないところに、頼家がいかに承服しがたいと思っているかがにじみ出ている。

それでもとりあえず、集まっていた者たちは安堵して、三々五々散っていき、正治二年は暮れた。

建仁《けんにん》三（一二〇三）年二月三日。

義時は屋敷の縁から外を眺めた。青い空に一筋、うっすらとした雲がたなびいて、春らしい日和である。

――この天気がもう一日持つと良いが。

明日、鶴岡八幡宮に参拝する千幡の行列を義時が差配することになっている。

「父上。明日の件について、ご確認を願います」

息子の頼時が訪れて、巻紙を差し出す。

二十一歳になった頼時は近くに別家を構えている。昨年三浦義村の娘を妻に迎え、義時にとっては誰よりも信頼の置ける片腕となりつつあった。

「神馬を引く役は、結城朝光と藤原光季《みつすえ》、職掌《しきしょう》は……」

明日の参拝については、政子からくれぐれも落ち度のないようにと何度も念を押されている。

父子で段取りをもう一度確かめ終わると、頼時が何やら話したそうである。

「父上。殿はもうずいぶんご執心ですが……あれで良いのでしょうか」

「うむ……」

「私にはどうもあのご趣味は分かりかねます」

殿――頼家は今年、二十二歳になっていた。昨年の七月に朝廷から従二位の位と征夷大将軍の職が与えられ、頼朝から続く鎌倉の源氏が、引き続き武家の統率者であると改めて公に認められたことになり、喜ぶ、あるいは安堵する声が多く聞かれた。

ただ、父の頼朝が従二位を得たのは三十九歳、征夷大将軍に就任したのは四十六歳の時であったことを思えば、あまりにも若い「鎌倉殿」で、その周辺には、相変わらず波風が立ち続けている。

二年前にやろうとした所領替えについては結局あれで立ち消えになったものの、何かと隙を突くように、古参の意見を出し抜いて、側近を重用しようとする頼家のやり方については、政子や時政らを苛立たせるところがあった。

「いったい何が面白いのでしょう」

頼時が首を傾げるのは蹴鞠――四隅に木を立てて標とした、三間（約五・五メートル）ほどの砂場で催される、鹿革で作った鞠を蹴り合う遊び。砂の上に落とさぬまま、長く続けば続くほど良しとする――である。

頼家はこの二年ほど、この蹴鞠に熱中しており、懸《かかり》――蹴鞠をするための場のことをこう呼ぶのだそうだ——が作られぬ月はほとんどない。

「心身の鍛練にもなり、また京方との交流のためにもなるそうだが……」

広元からの受け売りをそのまま話す。

「はあ、さようなものですか」

頼時は、納得がいかないというように首を振った。

「しかし、本家の五郎さまも大変ですね。あんなに頻繁に。おまけに、怪我はするわ、名は変えさせられるわ、では」

慎重な性格の頼時のことだから、おそらく他の誰にもかようなことは話さないだろう。その分、よほど見かねているに違いない。

蹴鞠の相手をつとめているのは、比企時員ら、以前からの側近に加え、上皇の命令により鎌倉へ下向してきた、鞠上手の公家たちである。

昼は蹴鞠に興じ、夕刻からは宴——頼家はそうして常に側近たちと過ごし、北条とは隔てを置こうとしているように、義時からは見える。

実際、蹴鞠も宴も、御所ではなく、近頃ではもっぱら善信の屋敷で催されることが多い。所領替えの一件で溝のできてしまった善信を取り込み、かつ、何かとやかましい母や祖父の一族を遠ざける——若いながら頼家のやり方は少しずつ老獪《ろうかい》さを帯びてきているようだ。

そうなると、勢い今度は、側近同士での腹の探り合いも激しくなる。

「時連から時房とは。三浦さまにあまりに気の毒だと、陰でみな言っています。たかが酔っ払いの戯言《ざれごと》でしょうに」

北条方として唯一、側近の中にいる五郎こと時連は、ある時、蹴鞠のあとの宴の席で、京から来た鞠《まり》公家《くげ》の一人に、実名を侮辱されたのだ。

「連という字は銭金を貫くという意味だから卑しいなどと。言いがかりも甚だしいではありませんか。烏帽子親からいただいた大切な字だというのに」

頼時の憤りはもっともだった。

時連の〝連〟は、元服の折、三浦義澄の弟、義連から授かった字だ。それを、その鞠公家の言に従って改名するよう、頼家から命じられたのだ。

私を怒らせて失態を犯させ、側近から外すように殿に進言しようとしたのでしょう、その手には乗りませぬ――改名して時房と名乗るようになった五郎が、あとでそう言って苦笑いしていたのを、義時は知っている。

挑発に乗り、上皇の遣いとして下向してきた公家に狼藉を働けば、側近から外されるかもしれぬ、そこまで配慮し、甘んじて改名を受け入れた弟を、義時も不憫に思った。

それ以前に怪我をしたのも、どうやら比企時員が仕組んだことではないかと、時房は言っていた。

「まあ、気の毒と思うなら、親しく付き合ってやれ。辛いことも多かろう」

「はい」

「では、明日は頼むぞ」

胸の内を吐き出していくらかすっきりした顔で、頼時は帰って行った。

幸い、翌日も空は青く晴れ渡り、春の日が鶴岡八幡宮の屋根をうららかに照らす一日となった。

「神馬をこれへ」

二頭の馬がしずしずと引き出されてくる。北条の本拠である伊豆から選りすぐられてきた、白馬と黒馬、一頭ずつだ。

古からの決まりで、祈雨の祈禱には黒馬を、祈晴には白馬を用いるとある。両頭を揃えるのは、いずれも神の意のままに――として、今後の鎌倉の繁栄を願う姿勢であった。

――この二頭なら比企のに負けまい。

先月の二日には、一幡《いちまん》がやはり鶴岡八幡宮を参詣した。その折に奉じられた二頭よりも必ず上等の馬をというのが、政子の強い要望だった。

頼家の嫡男である一幡は六歳、一方弟の千幡は十二歳。甥と叔父というのは、どこの一族でも家督争いの種になる。現当主の運命次第では。

神主が祈りを捧げ、巫女《みこ》が二人、神楽を舞い納めた。

――巫女が替えられたのか。

二人のうち一人が、見覚えのない顔になっていた。舞いながら時に神がかりとなり、しばしばお告げを得るというので評判だった方の巫女がいないようだ。

――あの噂は本当ということだろうか。

先月一幡が参拝した折、その巫女が「お告げを得ました」と言い出し、「若木の根がすでに枯れているのに、誰も気付いていない。このままでは災厄が起こると、八幡大菩薩が仰せです」と告げたという。

若木が一幡を暗示するなら、一幡が頼家の後継者になるのは鎌倉にとって凶相ということなのではないか――巫女の言葉を聞いた人はみなそう感じ、重苦しい空気に包まれたらしい。

参拝に付き添っていた比企宗員は慌てて、「今聞いたことは必ず他言無用に」とその場にいた者皆に命じたようだが、得てして、かようなことは漏れるものだ。

政子がこたびの千幡の参拝の支度に念を入れていたのは、一幡のようなことが起きぬようにとの心配もあったのだろう。

目の前の神楽は何事もなく終わった。巫女はどちらも黙ったままで、何も言わない。

胸をなで下ろすと、やがて春の日がゆっくりと傾いていった。

千幡の参拝から三月《みつき》ほどが過ぎた。

――この暑いのに、よくやることだ。

頼家は一昨日も蹴鞠に興じていたらしい。かような折に、きっと大汗をかいて装束だってたいへんなことになるだろうにと、義時は呆《あき》れていた。

「父上。父上はおいでになりますか」

頼時がそう言いながら屋敷へ駆け込んできた。

「どうしたのだ、さように慌ただしく」

「法橋《ほっきょう》さまが召し捕られました」

「なんだと」

「謀反の疑いありとのことです」

義時はすぐに支度を調えると、父の屋敷を目指した。

――どういうことだ。

法橋――阿野全成は、頼朝の異母弟だ。あの義経の同母兄で、そして、阿波局の夫である。

義経とは違い、僧侶としての教養も身につけていて、頼朝から疑われるようなかつな真似をしない、そつのない人物だと義時は思っていたのだが、それが謀反とはどういうことか。

――事と次第によっては。

こちらに火の粉が飛んで来かねない。

屋敷に着くと、見覚えのある鞍《くら》の置かれた馬がつながれている。

――比企の馬ではないか。

案内を請うと、広座敷の隣の小間に通された。

「御台さまが、こちらでお待ちくださいとのことです」

隣からは政子の声が聞こえてくる。義時は襖《ふすま》に耳を押し当てた。

「法橋全成には謀反の疑いがあります」

濡れ縁に通されて、庭先で政子と対面しているのは、どうやら比企時員らしい。

「さようなはずはない。法橋どのは、亡き殿の弟君ぞ。そなた自分が何を言っているか、分かっておるのか」

「本日は、殿の名代として参っております。殿のご命令です。なにとぞ、阿波局どのの身柄をこちらにお渡しいただきたい」

「なにゆえか」

「尋ねたいことがあります。ぜひ」

政子がどう出るのか。義時は身じろぎもせず、襖越しの声に聞き入った。

「法橋どのにさような企みがあろうはずがない。加えて」

声に一際力が籠もった。

「万々が一、何か企みがあったとしても、あの法橋どののような方が、うかつに女ごときにそれを漏らしたりすると思うか」

女にもよるだろう。それに、この場合はむしろ阿波局の方が首謀者と疑われているに違いないと義時は思ったが、時員は何も言い返す気配がない。

「また、妾《わらわ》の知る限り、法橋どのは今年の二月に駿河へ行ってから、この屋敷に来ていない。妾はそなたが来るまで、てっきりまだ駿河にいると思っていたほどじゃ。よって、阿波局と何か談合する機会などなかった。そなた、妾を、この御台を疑うのか」

冷静に聞けばいささか苦しい弁明だが、対面している時員はきっと気圧《けお》されていることだろう。

「どうしても阿波局を差し出せと申すなら、疑いを掛けるだけの証拠を持参いたせ。さ、早う下がれ」

時員が庭から出ていく気配があった。義時は思わず身を縮めた。

「小四郎。聞いていたか」

「はい。それで、阿波局は」

「塗籠じゃ」

「塗籠？　何か、片付けものでしょうか」

政子の目に一瞬、こちらを小馬鹿にしたような色が浮かんだ。

「押し込めておる。これ以上余計なことをせぬようにと言い聞かせてな。己の策に溺れて勝手な真似をしおって。あの巫女を、比企の手に取られていたら、どうなっていたか」

政子が話したのは、義時には思いも寄らぬことだった。

阿波局は、例の、一幡の参拝で不吉なお告げをした巫女に、しばらく前から内密の相談を受けていたという。

「まだ奉仕の期間が終わらぬのに、男と密通してしまったらしい。以来、お告げの夢が一切見えなくなってしまったと」

巫女には神職たちの子女のうち、未婚の者から選ばれる。神に仕える期限は三年、その間は、男はもちろん、一切の不浄を避けて暮らさなければならず、もしその禁を破れば、今度は即刻、尼にされてしまう決まりになっていた。

「すべての巫女が夢告を得るわけではないのだから、黙って隠し通せば良かったものを。そうもいかなかったのかの」

義時は姉の言葉に仰天してしまった。神を欺いても構わぬというのだろうか。

「まあ、夢告がなくなったのは、己の罪を神が咎めているのではと、恐ろしくなったらしい。かと言って、正直に非を申し出て尼にされるのはどうしても嫌だったとか。あさましいこと」

阿波局は、京の陰陽師から教わったという修法をひとつ、その女に授けてやった。その直後に得たのが、あの不吉な夢告だったというのだ。

「その巫女を使って、比企の一族や一幡を陥れるつもりだったというのだが、しょせん未熟な修法よ。かような事態を招いては、かえってこちらが足を掬《すく》われてしまうではないか」

吐き捨てるように言いながら政子は顔を顰《しか》めた。

「あのお告げ以来、時員がこっそり巫女の動きを調べていると五郎が知らせてくれて。先手を打てて良かった」

どうも自分の与《あずか》り知らぬところで事は動いていたようだ。

「それで、その巫女は」

おそるおそる尋ねると、「伊豆にいる」という。

「通じた男と二人、伊豆の屋敷で召し使うことにした。涙を流して拝んでおったわ。妾のことを菩薩と呼んで」

ほほ、と笑う姉を、義時は心から恐ろしく思ったが、その笑顔はすぐ消えた。

「法橋を捕らえて阿波局を差し出せなど。万寿はなぜかくも比企の言いなりなのか。困ったこと」

頼家を相変わらず「万寿」と幼名で呼ぶ政子の思いは、義時には計り知れないものがある。北条に縁のある女を誰か頼家に娶《めあわ》せようと時政と画策したりしているらしいが、今のところうまくいっていないとも聞く。

「それで、法橋どのはいかがなさるのです。何もご存じないのでしょう」

「さよう。よって、こればかりはもう、あちらの出方を見るよりない。何か言えば、やはり阿波局を出せと言ってくるであろうし。それは困る」

何も知らぬはずの全成を、頼家があえて罪に問うたりはすまいと、政子は思っていたらしい。

しかし、全成は六日後に常陸へと流罪になり、さらにひと月後の六月末には、頼家の命を受けた八田知家に誅殺されてしまった。阿波局は憔悴《しょうすい》しきっている。

——いつか、表だって比企と対決する日が来るのだろうか。

日々穏やかな笑顔で尽くしてくれる姫の前は、今や二男一女の母だ。

義時が側女を持つと決まった時、特に嫉妬する様子も見せなかった。ほっとしつつも、いくらか落胆していたのだが、ある夜明け方、その女のもとから義時が早めに戻ると、姫の前が月を見ながら涙を流していて、こちらの胸が締め付けられるようなことがあった。

——泣かせるようなことはしたくないが。

義時は今年四十一歳になった。姫の前との暮らしも十年を越える。

「殿……」

思わず口から出た言葉を、秋の気配を帯びた風が無情に飛ばしていった。

4、骨肉

危惧していた事態は、義時が思い描いていたよりもずっと早く襲ってきた。

建仁三年八月――。

「殿のご様子はいかがか」

「時々目をお覚ましになりますが……。ご自分の力で起き上がることは難しいようです」

「お倒れになってから、そろそろひと月になる。どうする……」

頼家は、七月の二十日に、中原広元の屋敷を訪れていた折、突然昏倒《こんとう》した。以来、病は重くなる一方である。

二十二歳の若さ、しかも人一倍、気力も体力も溢れた将軍がかように臥《ふ》せるなど誰もまったく想像しておらず、御家人たちの間には戸惑いが広がり、また互いの腹を探り合う空気も日に日に強くなっていた。

「殿が、みなさまにご参集を命じておいでです」

知らせを受けて義時が広元の屋敷に向かうと、既に時政、比企能員とその二人の息子、和田義盛、善信などが広座敷に顔を揃えている。

簾《すだれ》の向こう側は見えないが、どうやら横たわっている頼家の側に、政子と、頼家の乳母二人——二人とも比企氏の者だ——、それに広元がいるらしい。

「ただ今、殿からご命令がございましたので、某が代わりにお伝えいたします」

簾の向こうから出て来た広元が、一同を見渡した。

「殿は病平癒を願わんため、ご出家をなさるとのこと」

居並ぶ者みなが息を呑む音が聞こえた気がした。

「ついては、現在鎌倉御所が預かっている関東二八カ国の地頭並びに惣守護職、関西三八カ国の地頭職を、一幡さまに相続させ、ここにご参集のみなで後見願いたいとのことです」

一幡はまだ六歳だ。これでは比企氏の力がますます強くなってしまう。

——父上はどうする気だろう。

政子は変わらず御台所として一定の重みを保ち続けるだろうが、それでも、時政を重んじようとすれば、一幡の生母、若狭局とその一族である比企の反発は避けがたい。

義時には迷いがあった。

妻である姫の前を通して、その父である比企朝宗、さらに能員ともそれなりに交流もある。むしろさらに深い関係を築いて、時政の力を削ぎ、自分が北条の後継となる途もあるのではないか。いや、何なら江間姓のままで、北条に取って代わったって良い。

——様子を見るか。

ところが、時政の動きの早さは、義時の予想を遥かに上回っていた。

九月二日の昼、時政は「殿のご出家に向けての法会についてご相談がある」との口上で自分の屋敷に能員を招き入れると、そのまま刺殺してしまったのだ。

実際に手を下したのは天野遠景《あまのとおかげ》と仁田忠常《にったただつね》で、予《かね》て時政に言い含められ、待ち伏せしていたのだという。

義時がこのことを知ったのは、夕刻届いた阿波局からの密書によってだった。そこにはさらに、時政がこれから小御所へ向かおうとしていることが書かれていた。小御所は一幡の居館で、比企一族が固めているはずである。

——なぜかような密書を、今。

阿波局の真意を測りかねつつ、書状の続きを読もうとしていると、衣擦《きぬず》れの音が近づいてきた。

「おまえさま」

姫の前が義時の前にぴたりと手をついて畏《かしこ》まった。

「お願いがございます」

「どうしたのだ、改まって」

嫌な予感がした。

「どうぞ、私を殺してください」

「な、何を言うのだ」

「私がおまえさまの側におりますと、お邪魔になりましょう。今も」

姫の前はちらりと義時の手許《てもと》を見た。

「叔父が殺されたと、今し方実家から来た遣いが申しました。この重大事を、御台さまも、遠江守さまもおまえさまにお伝えにならなかったのは、ひとえに私のせいなのではありませんか。私が比企方の娘ゆえに、おまえさまに知らせれば、敵方に何が漏れるか分からぬと、御台さまがお考えになったとしか」

床にはらはらと滴が落ちる。

言われてみればその通りではある。

自らが蒔《ま》いた種とはいえ、比企との対立のせいで夫を死なせることになった阿波局は、義時にいくらか同情を寄せて、この密書をよこしたのだろうか。

「馬鹿なことを言うでない。私は亡き殿に起請を書いたのだぞ。そなたとは終生別れぬと」

「ですから。私がこのまま死ねば、起請を破ったことにはなりませぬ。亡き殿も、神仏も、お許しくださるでしょう」

小刻みに肩を震わせる妻を前に、義時は混乱していた。

「と、ともかく、今少し待て」

姫の前を殺すなど、できるはずがない。さようなこと、あってはならぬ。

動揺を懸命に抑えながら、書状の続きを読む。

……兄上の動き如何《いかん》では、父上も姉上も、兄上を見捨てるでしょう。よくよくご思案なさいませ。今申せるのはそれだけです……。

自分には、時政からも政子からも、小御所への出陣命令は届いていない。このまま何も知らず、何もせずにいれば、どうなるか。

比企能員はもう死んでいる。能員の兄——姫の前の父——朝宗は既に老齢だ。比企側に勝機はほぼないと見て良い。この重大事に何の働きもしなかったとなれば、確かに父からも政子からも見放される、いや、既に見放されているから、何の知らせもないと言うべきなのだろう。

——だからと言って。

姫の前を、この妻を殺すなど、できるはずがないではないか。

——どうする……。

もはや、決断は一つだった。義時は声を振り絞った。

「そなた。すまぬ。離縁してくれ」

「おまえさま」

「このままそなたが鎌倉にいれば、比企と北条とのはざまで辛い思いをするばかりだ。父上も何を言って来るか分からぬ。今日限り離縁して、京へでも行くが良い。起請を破った罪は……いつでもこの身に受けよう」

「しかし、それでは」

「早く行け。自害は許さぬ。絶対にならぬ。子どもたちは置いていけ。悪いようにはせぬ」

義時は姫の前に背を向けた。毎朝毎夕、見れども飽かぬ顔だったが、今はとても見ることができない。

「わ、私はこれから出陣する。大事を前に、館を死穢《しえ》で汚すな……」

精一杯の虚勢だった。

──早く行ってくれ。

抱きしめたくなる前に。行くなと言ってしまう前に。

妻が宵の薄闇に紛れるように、ひそかに姿を消すのを見届けて、義時はいくさ支度を調え、小御所へ向かった。

義時の姿を見て、時政は存外な顔をしたが、何も言ってはこなかった。

九月二日深夜。

小御所は炎上、比企の一党は北条および、時政に同心した和田義盛や畠山重忠、三浦義村といった御家人たちの軍勢によって殲滅《せんめつ》された。


比企の残党探しもおおよそ終息した十月はじめ、義時は政子に呼び出された。

「そなたに、頼みがある」

御台所の頼み。それは頼みではなくて、命令だろう。

義時は、胸中をできるだけ悟られぬよう、上目遣いで政子をちらりと見た。

誰もがほどなく死んでしまうだろうと思っていた頼家は、あろうことか少しずつ快復していた。

政子と時政は、広元を丸め込み、頼家を「療養」と称して伊豆の修禅寺《しゆぜんじ》へ送ってしまった。つい先日のことだ。

「なんとしても一幡を探し出してもらいたい」

政子の言葉は、義時にとってさほど存外なものではなかった。

炎上した小御所のどこを探しても、一幡の亡骸が出てこなかったので、時政も政子も疑心暗鬼になり、いくさに加わった者には敵味方を問わず厳しい詮議がなされていた。

若狭局の亡骸も見つかっていないため、二人が何らかの形で小御所から逃れたのだろうという推測が流れたのだが、折悪しく、時を同じくして姫の前の姿が消えたため、義時は政子や時政らから疑いの目で見られていた。

妻への情に絆《ほだ》されて、一幡と若狭局の逃亡に手を貸したのではないのか——命令も受けないのに義時が小御所へ出陣したことも、かえって裏目に出、疑いを深くしてしまったようだ。

時政の後妻の牧ノ方などは、義時のところに姫の前が遺していった子らは、みな出家させてしまえと言っているという。

「承りました」

疑いを晴らしたければ一幡を探せ——政子の真意はそこにあるのだろう。

「見つけて、御台さまの前に引き立ててくれば良いのでしょうか」

「そう……本当は、そうできれば良いのだけれど」

自分が病で床に臥せっている間に、家督はすっかり一幡に譲られたものと考えていた頼家は、起きている事態を知って酷く怒り、自ら太刀に手を伸ばして起き上がろうとしたという。

もう一幡は死んだのだから——政子はそう偽りを告げて、病身の頼家を押さえつけ、修禅寺行きを承知させたのだ。

「かわいそうに……」

政子がぼろぼろと涙をこぼし始めた。

——誰が、どうかわいそうだというのだ。

義時には、政子の心中は分からない。

「やむを得ぬ。引き立てるには及ばぬ。見つけ次第、息の根を止めよ」

例によって義時はあとから知ったのだが、時政は広元と謀って、頼家の死を報告し、千幡への家督相続を願う書状を持たせた使者を、九月の一日、つまり、比企能員を殺す前の日に、京へ向けて旅立たせていたという。

——手回しの良いことだ。

自分の産んだ長男を寺へ押し込め、次男に家を継がせ、そのために長男の子である、己の孫を殺す——この人は今、それを弟に命じながら、滂沱《ぼうだ》の涙を流している。

あの日からすっかり虚ろになってしまった胸の奥で、冴《さ》え冴《ざ》えとすべてが凍り付くのを感じながら、義時は返答した。

「承りました。必ず、御意に添いましょう」

義時からの内命を受けた側近の藤馬が、由比ヶ浜の海人《あま》の集落に隠れ潜んでいた若狭局と一幡を探し出したのは、十一月三日のことだった。

「どうか、命ばかりは」

知らせを受けて駆けつけた義時の前に、縛られて手を合わせることもできないままの母子が、必死の声で命乞いをする。

——由比ヶ浜か。因果だな。

頼朝が、義経の妾、静の子を埋めた場所だ。義時は二人に猿ぐつわを嚙ませると、向かい合う姿勢を取らせた。

——せめて、いっしょに逝くがいい。

義時は刀を抜くと、まず若狭局の首に突き立て、さらに短刀で一幡の胸を突き通した。もたれ合う母子の身体からとろとろと流れた血がやがて凝《こご》り、手足が冷たく硬くなっていくのを、義時は身じろぎもせずじっと見ていた。

証拠として差し出された、血糊《ちのり》の付いた一幡の装束と、若狭局の髪を見て、政子はまたぼろぼろと涙を流した。

無言でそれを眺める義時の頰には、もはや一滴たりとも涙は流れてこない。

まぶたの奥で代わりに立ち上がってきたのは、じりじりと燃え盛ろうとする炎の気配だった。

三　時　政

1、相模守

元久元《げんきゆう》（一二〇四）年四月十四日――。

「父上、お願いがございます」

頼時が居住まいを正して、義時の前に姿を見せた。

「なんだ、改まって」

「例のお話ですが、お考えはいかがでしょうか」

「うむ……」

先月、義時にはひとつ、慶事があった。

朝廷から、従五位下の位と、相模守の職を与えられたのだ。以後、職名から、「相州」と呼ばれるようになり、父の「遠州」と肩を並べる呼称を得たことになる。

その祝いの宴が果てたあと、頼時から「名前の〝頼〟の字を返上したい」と相談があった。理由を聞いても答えはなかったが、義時にはなんとなく、察せられるところはあった。

——気にしているのか。

頼時の〝頼〟は頼朝から授かった字だ。心ならずも姫の前を離別しなければならなかったせいで、義時が頼朝との起請を破ることになったのを、気に病んでいるらしい。

——気持ちは分かるが。

頼時には昨年、長男が生まれた。義時には初孫で、これも慶事だったのだが、どうも生みの母——三浦義村の娘である——ともども、病がちな日々が続くので、頼時はあちこちの神仏への祈念に余念がないのみならず、己にまつわる因縁の悪そうなことを、何かと探し出しては、それらを断とうと勘案しているらしい。

祖父の時政が比企能員を誅殺した挙げ句の、継母の離縁。破られた起請の災いが、巡り巡って我が子に——さような慮りの末、せめて〝頼〟の字を返上することで、頼朝への畏敬と贖罪《しょくざい》の念を示そうというのは、日ごろ何かと慎重な態度を見せるこの息子の心情としてありそうなことだ。

加えて、同じ〝頼〟の字を持つ頼家が、修禅寺へ隠棲させられているのも、どこか不吉な感じを否めない理由だろう。

「どうかな、〝泰時《やすとき》〟としては」

生みの母、泰子の泰。天下泰平の泰。

義時から出された字を聞いて、二十二歳の若い父は、ほっとしたように頬を緩ませた。

「では、そうさせていただきます」

新たな名を正式に届け出るため、御所に参上した泰時が、せっかくの験《げん》直しの気分も台無しになるような知らせを恐る恐る持ち帰ってきたのは、それから三日後のことだった。

「父上、あの、先ほど御所に、京からの早馬が来ておりまして」

「何の知らせか」

「はい。それが……。叙爵に追加があったと」

「追加？」

御家人は、勝手に朝廷から官位を授かってはならない。必ず、将軍からの推挙を得てのちのことにせよ――今も守られている、頼朝の頃からの掟である。

とはいっても、現在将軍職に就いている千幡――昨年九月に元服して今は実朝《さねとも》と名乗っている――は、今年ようやく十三歳である。頼家があのように早く職を去ることになるとはさすがに誰も思っていなかったため、政務や公事についての心用意はまったく不十分で、どうしても周りがお膳立てをすることになる。

実務を執っているのは主に中原広元だが、大きな判断が必要な事柄は、尼御台所たる政子か、政所別当――九月に比企を滅亡させた直後、広元と並んで堂々とこの職に就いてしまった――である時政の意見に大きく左右される。

三月に義時が叙爵されたのは、他ならぬ政子の強い推挙のおかげだった。

「六郎どのが、従五位下左馬助に叙されたそうです」

六郎どの——時政が後妻の牧ノ方との間にもうけた、義時の異母弟、政範《まさのり》だ。泰時から見ると、自分よりも六つも年下の叔父ということになる。

——父上、いや、牧ノ方の差し金か。

政子による義時の推挙を知った時政が、政範を追加するよう、実朝に迫ったに違いない。

「では、某はこれで」

父の不機嫌を悟り、泰時はあいさつもそこそこに立ち去っていった。

今年、義時は四十二歳に、時政は六十七歳になった。

父は昔から頑強な身体と心の持ち主で、今なお野心を隠さない。政所別当の座に就いたことで、いっそう嬉々《きき》として、壮健さを増したようにさえ思われる。

——私を後継とする気など、絶対にないというのだな。

自分はまだまだ当分かくしゃくとしている。その間に、遥かに若い政範に、義時と同等の叙爵を得させることで、北条の後継者は義時でも、時房でもなく、政範なのだと誇示したかったのだろう。

——父上と姉上の綱引き、いや、玉の奪い合い、と言うべきだろうか。

い続けている。

頼家が重病だと分かった時から、実朝の身柄をどちらが保護下に置くかで、二人は争い続けている。

はじめ政子の屋敷にいた実朝を、時政が「警護のため」と称して己の屋敷に移すと、今度は例によって阿波局の「夢告」が用いられて、「ここにいると実朝が病弱になる」との噂が広められ、政子が取り返す。さらに次には、「元服の儀式は、男子の親族が揃うところでなければ行えない」と主張して、ふたたび時政の屋敷へ——といった具合で、実朝は今でも、落ち着いて一箇所で長く暮らすということができないでいる。

——父と姉。

自分はどうするのか。

思い浮かぶのはただただ、館を去って行った姫の前の哀《かな》しい後ろ姿のみ。

そして消そうとして消せぬのは、この手で刺し殺した一幡の、小さな身体の温もりと、刀の先からどうしようもなく伝わってきた、命が消えていく刹那の鼓動だ。

それは、まだ二十歳にもならぬ頃、頼朝の挙兵に従い、太刀弓矢で敵を倒していた時とはまるで異なる、生々しく不気味な感触だった。

——奪ってやるのだ。

今義時の胸中にあるのは、途方もなく虚ろな闇と、強烈な簒奪《さんだつ》への欲求だった。

父から。姉から。

北条の統領の座に留まらず、二人がこだわるもの、ありとあらゆるこの世のすべてを、義時は奪ってやりたかった。

だが、そのためには、今までの自分、今のままの自分では手緩《てぬる》すぎる。

――このままではだめだ。

間近で見ていた頼朝の非情さ。

そして、今日に至るまで思い知った、時政の狡猾《こうかつ》さや図々しさ、機を見るに敏な政子の胆力。

利用してやるのだ。すべてを。

まずは、政範が成長してしまう前に、父から奪えるものをすべて奪わなければ。

――時房は。

自分が分家の江間に追いやられた後に、いったんは北条の後継扱いにされた弟。彼は今、どう考えているのだろう。

――抜け目のないヤツだ。

大人しく政範に後継を譲る気など、毛頭ないに違いない。

蹴鞠の技を生かして――今思えば、わざわざそのために蹴鞠に熟達したのかもしれぬ――頼家の側近になり、他の者からの嫌がらせも物ともせず、周辺の状況を把握し続けた執拗さは見事だった。のみならず、時房は、同じ側近の中にいた、比企の分家筋である中野能成を懐柔して、北条の間諜になるよう仕向けるといった策略家の面も見せた。時政がたやすく比企能員を自分の館へおびき寄せることができたのも、中野の内通があったればこそだったらしい。

しかも中野は今、表向きには比企に連座して流罪だが、実は密かに時房の命を帯びて、修禅寺近くに身を潜め、頼家を監視する役目を果たしている。どうやら、時政の名の入った「以前からの所領をそのまま許す」旨の書状が、時房の骨折りで中野に与えられていたらしいのを、義時が知ったのはつい最近のことだ。

――時房とは、うまくやるしかない。

十二歳下の異母弟。自分がうまくつきあっておけば、泰時にとっては、頼れる叔父になるかもしれぬ。

――にしても。

四十を越えた自分が、このままではだめだ。

父からの寵愛と取り立てでは政範に、御家人としての器量では時房に、今のままでは及ばぬだろう。

今更父や継母の機嫌を取っても始まらぬが、では自分にできることはなんだ。

――優《まさ》っているのは。

あえて言えば、政子から寄せられる親しみの情、だろうか。

頼朝の平家打倒がようやく緒に就いた頃に選抜された、十一人の寝所祗候衆。義時には歳回りの近い者ばかりだった。父景時とともに誅殺されてしまった梶原景季のような者もあるが、現在存命の者はほぼ、北条との関係は良好で、かつ政子には「夫の最も近くにいた者たち」と認められている節がある。その十一人の中にいた弟ということが、たまさか政子が義時に本音らしきものを漏らす理由のように思える。

——都合良く使われているだけだ。

叙爵を強く推挙してくれたのも、その方が他の御家人への対応や、時政への工作など、よりこき使いようがあるからだろう。

政子はそういう女だ。今も、昔も。

頼朝と違い、時折、こちらには理解しがたい妙な情を見せる分、かえって厄介な気さえする。

ただ、今の義時には、その政子の意を汲むしか、歩む途はなさそうである。

——そういえば。

近頃、政子は、「おのおの、家に亡き殿の御自筆になる書状があるかどうか探せ。もしあれば御所へ持て」としきりに命じている。実朝の学問の手本とするためという。

——いくつか、あるはずだ。

さような片付けはほぼ姫の前に任せていたから、すぐには分からぬが、おそらく抜かりはないだろう。

心当たりを探し始めて、ふと手が止まり、縁から外を見やる。

庭のあちこちに、あやめの紫紺がこぼれている。

姫の前がいた頃なら、かような折、さりげなく居室にも花が飾られていたりしたものだ。

今の義時の周りには、何もない。文机に硯箱《すずりばこ》、太刀……最低限、実用向きの道具だけだ。

――これで良い。

時鳥《ほととぎす》のけたたましい声がどこからか流れてきて、やがて消えていった。

2、頼家の最期

七月十日。

「……修禅寺から密書が届きました」

義時は政子の御前に呼びつけられていた。来てみると、すでに時房がいて、こちらが着座するやいなや、ひそひそと話を始めた。

「それで、なんと申して寄越してきたのか」

「はい。禅閤《ぜんこう》さまは、すっかりお元気になられたとか」

「すっかり、お元気……」

政子が深いため息を吐いた。

禅閤——仏門に入った身分ある者を指す言葉だ。この顔ぶれで今その名を言えば、頼家をおいて他にない。

「いかがなさいますか、御台さま」

義時の言葉の勢いに合わせるように、時房が上目遣いで政子を見た。

「いかが、と言うと」

政子の目に涙が浮いている。義時は冷ややかに言い放った。

「す、す、すっかりお元気になった禅閤さまを、どうなさるおつもりですか、とお尋ねしています」

「警護を厳しくして、このまま押し込めておけば……」

「さようなことができるとお思いですか」

思わず、語調を強めて遮ってしまう。

頼家は、父譲りの長身、母譲りの骨太の、がっしりと恵まれた体軀《たいく》の持ち主だ。加えて、頼朝の命で幼い頃からみっちりと太刀弓馬の扱いを仕込まれている。さらに、蹴鞠に執心したことで、敏捷さにも磨きがかかっていたはずだ。

無理矢理に修禅寺に行かせることができたのは、病で弱っていたからに他ならない。

「いくら警護を厳しくといっても、限りがあります。物々しくしすぎれば、かえってご壮健であることが漏れ易くもなるでしょう。さすれば、またいつ誰が、どのように担ぎ出そうとするかもしれませぬ」

比企の一族はほぼ死に絶えたとは言うものの、頼家が存命でしかも健康だとなれば、この先、北条に反旗を翻したいと考える者にとって、格好の旗印にされてしまう。

あるいは、今のところは政子とそれなりに協調している時政にしても、どうしても政子と意見の分かれることが出てくれば「実朝を廃して頼家をふたたび」と言い出すことが、ないとも限らない。

「今の殿のために災いになりそうなことは、できるだけ早めに取り除いておいた方が良いと思いますが」

そのためにわざわざ、自分に一幡を探し出させ、殺させたのではなかったのか。今になって頼家に絆されている様子の政子に、義時は苛立っていた。

頼家には、一幡の他にも男子が三人あった。義時はかねて、政子にその三人の命も断つよう進言していたが、「出家させるから」との理由で退けられていた。

「亡き殿がせっかく打ち立てられたこの鎌倉の武家の一門を、揺るがすようなことになっても良いのですか」

義時が畳みかけると、隣で時房もうなずいている。

「分かった。そなたらの良いように計らえ。妾は何も知らぬ」

政子は袖で目頭を押さえながらそう言った。

「承りました」

その場から立ち去ろうとすると、政子が「四郎」と呼びかけてきた。

「まだ、何か御用でしょうか」

「いや。……そなた、近頃人が変わったような。そう思ったまでじゃ」

義時は何も答えず、ただ黙って目礼して、立ち上がった。

「相州さま」

後ろから付いてきた時房の、小さな声がした。

「どのように、禅閤さまを」

「それは、任せてもらいたい」

時房にばかり目立って動かれては不都合だ。

自邸に戻ってきた義時は、藤馬と、もう一人、従者を召し出した。

「ご命令は」

「修禅寺だ。やれるか」

「御意」

「うむ。できるだけ、人の仕業と思えぬやり方でな」

藤馬に従ってするりと部屋を出て行ったのは、行親《ゆきちか》という若い男だ。刀鍛冶の息子だという。

召し抱えてほしいという願いを聞き入れることにしたのは、行親を連れてきたのが他でもない、藤馬だったからである。

某と同様に、お役に立ちましょう――思えば藤馬も、自分とほぼ同年代だ。こうした内密の役目を果たせる、若い者も育てておくべきだと考えたのだろう。

七月二十一日の早朝、庭伝いに入ってきた人影があった。藤馬である。

――ひとりか。

嫌な予感がした。

「ご心配なく。首尾良く仕りました」

こちらの懸念を察したのか、藤馬がすぐにそう答えた。

「そうか。行親は」

「残してきました。後の様子を見張るよう、命じてあります」

手回しの良さに満足しつつ、つい、聞いてみたいことがあった。

「どのように仕留めたのか」

藤馬も行親も、決して身体の大きい者ではない。いずれも小柄で俊敏な方である。

「はい。湯屋の天井と床下にそれぞれ忍んで、機を見計らっておりました。おいでになるのを逃さず、某は上から首に麻紐をかけて締め、行親は床板を一枚剥いでそこから腕を伸ばし、睾丸《ふぐり》を握り潰しました」

平然と告げる様子に、我が配下ながら背筋に冷たいものが走った。

——聞かぬ方が良かったか。

しかし、かつて自分も藤馬と共に、同じようなことをしている。

藤馬はこちらの気配や心に聡い。藤馬が平然と冷酷な所行に及ぶとしたら、それは……。

それ以上は、考えぬことにしよう。

行親が戻ってきたのは、二十六日のことだった。

「尼たちが何人か駆けつけて〝神仏の罰が当たられたような亡くなり方〟だと亡骸を前にいささか騒ぎましたが、かえって恐ろしいというので、病死と届け出ることにしたようです」

「そうか。それで、他に動きは」

「はい。修禅寺を密かに訪ねてきて、何やら謀議を図る者が十三名おりましたので……」

名前を聞けばおおよそ、比企一族のうち、消息が不明だった者である。

——やはり、残っていたか。

「漏らさず皆殺しにして参りました」

どのように、と尋ねる気力は、もう義時にはなかった。

「うむ。ご苦労であった。褒美は、藤馬から受け取るが良い」

行親は、口の中で小さく「御意」と呟くと、かき消すようにいなくなった。


実朝には、「禅閤さまが病死なさった」との簡単な報告がなされただけで、鎌倉は特に混乱もないまま、七月も残りわずかとなった、ある午後のことだった。

「余は承服いたさぬ」

「なにゆえじゃ。先方は亡き父上とも、この母とも縁続き。かように頼もしき縁は他になかろう」

実朝の御所に、政子、時政、双方が顔を揃えていた。義時と時房も側に控え、話の成り行きを見守っていた。

「承服いたさぬ」

十三歳の実朝は、頑として母の意見に異を唱えた。

「妻は、京から迎えたい。京の女子はもの柔らかで振る舞いや言葉つきが上品だというではないか。これからの将軍の妻には、優美な者がふさわしかろう」

政子が色を作《な》した。眉間に大きな蝶《ちょう》のごとき険が現れ、唇が震えているのが分かる。

失笑してしまいそうになるのを、膝を自分で抓《つね》って、義時は必死で堪《こら》えた。隣の時房も同じなのか、肩が小刻みに震えている。

——これは、父上の仕業か。

時政は顔に満面の笑みを浮かべて黙っている。

実朝の正妻、将来の御台所については、政子の肝煎りで、予て足利義兼の娘の名が挙がっていた。

足利家の祖は頼朝と同じ、河内源氏だ。奥州十二年合戦で功績のあった、源頼義、義家父子の流れであるところまで同じで、源氏の血筋を重んじる家同士のつながりが濃いと言えよう。

さらに、義兼の母は熱田大宮司《あつただいぐうじ》藤原季範《すえのり》の孫にあたる。頼朝の母は季範の娘なので、二人は姪と伯母の間柄ということになる。

加えて——おそらくここがもっとも重要だろう——義兼の正室、つまりこたび実朝の妻として名の上がった娘の母は、政子の同母妹の時子だ。政子は実朝に、血のつながった従妹、母である自分の姪との縁組を勧めていることになる。

それを先ほどのような言葉で拒まれては、まるで己を女子として否定されたようなものだ。

——まあ、京の女が良いかどうかは。

義時が知っている、一番身近な京の女は、牧ノ方だ。時政がすっかり言いなりになって、明らかに、何かにつけて、娘よりこの後妻の言に従うところを見ると、女として大いに興をそそられるということなのか。

ただ、牧ノ方のおかげで時政の京における人脈が広がっていることは確かだ。よって、本当は義時としても、あまり愉快に聞いていて良い話ではなかった。むしろ、警戒すべき筋だろう。

「そなたはまだ若い。武家一門の結束をいっそう強める縁組を考えた方が良策じゃと思うが」

政子は言いつのったが、実朝は首を横に振った。

——滋野井《しげのい》実宣《さねのぶ》に、平賀朝雅《ともまさ》か。

滋野井実宣は京の公家、平賀朝雅は信濃源氏の流れを汲む御家人で、現在は京都守護——在京の御家人を束ねる役目である——を務めている。二人とも、牧ノ方の娘婿だ。どちらも時政にとっては重宝な婿で、とりわけ朝雅は、比企家出身の母を持つ身でありながら、早々と時政の比企一族討伐を支持、むしろ比企側の内情を時政に伝える役割を果たした。

また、昨年の暮れに、伊勢、伊賀両国で平家の残党が蜂起した折には、いち早くその鎮圧に成功するなど、働きがめざましい。四月にはその恩賞として伊勢と伊賀に所領を与えられている。

実朝の正室を京から迎えるとなると、この二人の婿、ひいては牧ノ方がさぞ大きな顔をするのだろうと思うと、あまり良い気はしない。

——それにしても、千幡をうまく言いくるめたものだ。

殿と言っても、まだ十三歳の、しかも甥である。つい心の内では軽んじてしまうところがあった。

結局この日の談合は物別れとなったが、時政にはすでに心づもりがあったものと見え、縁組の相手は京の公家、坊門信清《ぼうもんのぶきよ》の娘、信子《のぶこ》と決まった。

これには義時もなかなか驚かされた。思い描いていた以上に、大物の御台所である。信清の姉は七条院藤原殖子《しょくし》。恐れ多くも、上皇の母である。つまり信子は、上皇の従姉妹にあたる。

信子の兄忠清《ただきよ》の妻は、牧ノ方腹でこそないものの、やはり時政の娘——ということは、義時には腹違いの妹になるはずなのだが、この妹のことはほとんど記憶にない——で、おそらくその筋をうまく手繰り寄せたのだろう。実朝の結婚はほとんど時政の意のままに、かつ、政子の鼻を明かして余りある結果となったことになる。

——どうも、嫌な感じだな。

さらに、その後、義時にも時房にも何の相談もなく発表された、信子を京まで迎えに行く供奉者の顔ぶれを見て、義時は思わず舌打ちした。

結城朝光、畠山重保《しげやす》、佐々木《ささき》盛季《もりすえ》らに交じって、そこには政範の名があった。若くて容貌、立ち居振る舞いの優れた者を実朝が選んだと伝えられたが、この中にあれば、政範がもっとも高位で、長として扱われるのは間違いない。

「兄上。不愉快そうね」

御所から退出しようと廊を歩いていると、嫌な感じを弥増《いやま》しにしそうな声をかけてくる者がいた。

「おやおや、乳母どのではないか」

夫の阿野全成が誅殺された折は、「見殺しにしないでくれ」と政子にも時政にも掻《か》き口説き、しばらくは塗籠に押し込められていた阿波局だが、実朝が将軍となってからは、お世話役として息を吹き返し、父と姉の間をうまく泳ぎ回っているようだ。

「そうつれない素振りをなさらなくてもよろしいでしょう」

阿波局はそう言うと義時の袖を引き、妻戸の陰へと引き据えた。

――まるで好色事《いろごと》の風情だが。

昔、まさにかような真似をして、姫の前に迫ったことがあった。凛とした哀しげなまなざしで拒まれた一時が、今思えば懐かしい。

――実は兄妹の悪巧みでは、台無しだな。

妹の片頬に薄くしみが浮いている。互いにもう、好色事が不似合いな歳であることは間違いないようだ。

「六郎が京へ行くのね」

「そうらしいな」

「どう？　私といっしょに、呪をかけてみないこと？」

「呪？　どんな呪だ」

「六郎が二度とここへ戻ってこられなくなるような」

政範が二度と鎌倉へ戻らない——それはもちろん好都合だが。

——いやいや、待て。

阿波局の妖しげな企みは、うまくいくとは限らない。何しろ、おそらく一番大切にしていたはずの夫のことを、守れなかったのだから。

「やめておこう。そなたも、もうあまり暗躍せぬことだ。せっかく、晴れて将軍さまの乳母なのだから。私ももう、淡々と己のお役目だけをもっぱらにするよ」

「まあ、つまらぬこと。兄上は良き夢の持ち主なのに」

「またその話か」

日輪を押す夢。いくさ場の辛さが見せた、他愛ない夢だ。

「ばかばかしい」

「野心のない男子など、女子に見向きもされませぬよ」

野心がないわけではない。ただ、阿波局と手を組むのが気が進まぬだけだ。

「そうそう、姫の前さまは」

阿波局が意味ありげに言いさして、口をわざと噤《つぐ》んだ。心の臓の鼓動が総身に伝わっていく。

「なんだ。妙に意味深げな口つきじゃないか」

「いえ、ね。聞けば兄上はさぞ落胆なさると思って」

「そこまで言うならすべて言え。なんだ」

義時はつい、阿波局の襟の合わせ目を、震える手でぐいと摑《つか》み上げてしまった。

「おお、怖い。じゃあ言いますから、その手を放してくださいな」

阿波局はわざとらしく装束をゆっくりと整えた。

「京から来た公家の従者から聞いたのですけど、源具親《ともちか》とかいう公家の歌詠みと再婚なさって、先日お子さんまで生まれたのですって」

「なんだと」

姫の前が義時のもとを去ったのは昨年の九月。それでもう子が生まれているとなれば、上洛してすぐに再嫁し、身ごもったことになる。

——女というやつは。

さような生き物なのか。

何の逡巡《しゅんじゅん》もなく、たいして時も置かず、他の男のもとへ——。

目の奥に強烈な光がちらついて、思わず足がよろけそうになる。

「いかが。私の呪に力をお貸しくださいませんこと？」

「黙れ。その手には乗らぬ」

義時はまだ袖を摑んでいた阿波局の手を憤然と引き離すと、足音も高く廊を歩き、御所を出た。

——野心は、己の手で。

阿波局はむろん、政子にだって、易々と使われてばかりいるものか。

いつか、こちらが上手に立ってやるのだ。


それからしばらくして、義時は不本意ながら、新たに妻を娶ることになった。政子の強い勧めによる縁組で、断り切れなかったのだ。

相手は藤原朝光《ともみつ》の娘。朝光は、建久元（一一九〇）年に、頼朝の上洛の際、義時とともに供奉の列にいた古参の者だ。政子としては、頼朝とつながりの深い者同士を、自分の周りに結びつけておきたいと考えたらしい。

可もなく不可もない妻——そう思いつつも、それでも屋敷の内に彩りが戻り、いくらか心が慰められるのも、本音のところだった。

この頃、実朝が時折、義時の屋敷へ訪れて泊まっていくようになった。「亡き父の話を聞かせてほしい」というのだ。

幼い将軍に、叔父を頼りにするような振る舞いを見せられると悪い気はせず、なんとかこの実朝には、頼家のようなことにならぬよう、守ってやりたいとの思いも持つようになった。

頼家と比べると、実朝は体つきなどはどちらかと言えば華奢で、たびたび熱を出すこともあるなど、すでに亡くなった大姫や乙姫といった姉たちに似通う、儚《はかな》げな面影を宿している。

冬の初め、十一月三日にまた実朝が熱を出して寝付いた。政子も阿波局も大騒ぎで鍼、灸《きゅう》、薬、加持祈禱など、ありとあらゆる手を尽くし、義時も八幡神への祈りを捧げた。

その甲斐あってか、九日には枕も上がり、沐浴《もくよく》までできたというので、御所中が安堵の思いに包まれた、その四日後のことだった。

「早馬が参りました」

京から届いた急な知らせは、政範の病死を告げていた。

――病死？

好都合との思いと、背筋が寒くなる思いが綯《な》い交ぜになる。

――また何か、起きるのだろうか。

3、畠山重忠

政範の死は、時政と牧ノ方を深く嘆かせることになった。上洛中の死であったため、「東山《ひがしやま》に葬りました」との、下僕らの報告のみで、亡骸と対面もできぬままの別れであったのは、さすがの義時も気の毒に思った。

ただ、政範が京で担うはずであったつとめの方――実朝の正妻を迎える儀式は滞りなく進み、十二月十日になると、坊門信子が盛大な行列に守られて鎌倉へ下向してきた。

翌元久二（一二〇五）年元日の垸飯は、当然のように時政がつとめたが、その折の御剣や御弓などの諸役には、義時も時房も名がなく、どことなく不穏な空気がないでもなかった。

それでも、新しい御台所が来たというので、春には雛の宴や蹴鞠など、京風の行事が多く催され、御所は概ね穏やかに過ぎた。

「兄上。稲毛入道どのが武蔵からこちらへ出て来たようです。何かお聞きになっていますか」

時房がそう尋ねてきたのは、四月のはじめのことだった。

「稲毛入道が？」

妻の死を悼んで仏門に入った稲毛重成。その後、自分の勧進によって架けた橋で頼朝が落馬し、やがて死に至るという大事が起きてしまった。

表立って咎められたわけではないが、政子あたりからは、「不吉極まりない橋」と忌み嫌われたせいもあって、自ら謹慎の姿勢を見せ、所領のある武蔵で隠棲していると聞いていた。

――なんだろう？

武蔵国は今、いささか火種の懸念のある地になっていた。

武蔵に拠点を置く御家人の一族はいくつかあるが、中でも源氏との関係が古いひとつが畠山氏である。さらに、現在一族の長である畠山重忠は、頼朝個人との結びつきも強い。義時も、頼朝の上洛の折、宮中参内への供奉七人の中に、いっしょに列したことがある。

一方で、武蔵国は、「関東御分国」のひとつでもある。これは、誰が国守になるかを、将軍の方であらかじめ選定し、朝廷に推挙することが決まっている国で、武蔵の他、時政の伊豆や、義時の相模などもその内に入っている。

現在、武蔵守に任じられているのは時政の娘婿、平賀朝雅だが、朝雅は今、京都守護の任に当たっていて武蔵との頻繁な往き来が難しいため、「将軍の命」で、時政が国司の任務を代行しているが、どうも時政も朝雅も、畠山氏をかねがね疎ましく思っている様子があった。

言わば「上から」任じられた国守と、地元に根付く古参の一族との関係が難しいのは、今に始まったことではなく、義時にも時折頭の痛いこともある。ただ時政が「将軍の祖父」で「政所別当」という己の地位を笠に着て、地頭職を恣意的に任命するなど、少々強引なやり方をしているらしいというのは、漏れ聞こえていた。

「法会か何かの相談ではないのか。あるいは、寺でも建てようとか」

重成の妻が亡くなってそろそろ十年。頼朝の死からは六年。さような発願があっても良いだろう。

隠棲して、軍事、政からは手を引いているものと義時は思っていた――いや、そうあってほしいというべきか。

妻の死を善知識――仏への結縁の機会――と心得て出家し、静かに余生を送る。自分にはもう二度と望めぬであろう重成の生き方を、義時は心密かに羨ましく思うところもあった。

「ならば良いのですが」

思慮深い弟は眉根を寄せた。

以後も、重成は武蔵へ帰る様子も、寺や仏像の建立を企てる様子も見せないまま、雨の季節に入った。

義時と時房の危惧が現実のものとなったのは、さらに後、夏の暑い盛りの頃だった。

六月二十日には、吉例として鶴岡八幡宮で祭が行われ、義時も参列した。拝礼や諸芸奉納が無事終わり、夕刻、自邸へ戻る道すがら、見覚えのある若者とその従者の一行とすれ違った。

若者はこちらをそれと気付いた様子で、下馬の礼を取った。こちらも目礼し、行き過ぎてから、誰であるかを思い出した。

――畠山重保ではないか。

重忠の嫡男である。

新御台所、坊門信子を京まで迎えに行く供奉に、亡くなった政範とともに選ばれていた。大役を果たした後は、武蔵へ帰っていたはずだったが。

――そういえば。

政範が病没する前の晩、京の朝雅の屋敷で酒宴があり、この重保と朝雅が、時政の武蔵国に対する方策について、激論を戦わせていたらしい。酒の勢いも加わって、刀を抜かんばかりの争いになったのを、周りの者たちが懸命に宥めて事なきを得たという。

それが鎌倉にまで漏れ伝わり、政範が無念に事切れようという時にさような狼藉をしていたとは嘆かわしいと、牧ノ方が婿の朝雅のことは棚に上げ、重保を一方的に恨んで、強く不快の念を表していたと、しばらく噂になっていたことがあった。

重保一行の姿は、重成が宿所としている寺の方へ向かっていくように見えた。

不審の念を持ちつつ、自邸に戻ると、屋敷内はまた別の意味で騒然としていた。

「そろそろでございます」

「産屋へお入りいただきます」

侍女たちが額の汗を拭い拭い、忙しそうに立ち働いている。

義時が新しく迎えた妻は、産み月を迎えていた。

——無事に産まれてくれ。

できれば、次は女子が良い。

義時の子は今のところ男子が四人、女子は一人だけだ。

終夜、女たちの動きは続いたが、翌朝になってもまだ産声は聞こえない。

長引くお産を案じる義時のもとに、時政からの呼び出しを伝える使者が現れた。

「急ぎ、おいでをとのことです」

なんだ、間の悪いと思ったが、重成に加え、重保まで姿を見せたとあっては、様子を探らぬわけにもいかない。

訪ねて行くと、すぐに父の居室に通された。

「五郎はまだかな」

どうやら時房も呼ばれているようだ。

程なくして三人になると、時政は皺《しわ》がちの顔に、目ばかりぎらぎらさせて切り出した。

「わしはもうこれ以上、畠山には我慢ならぬ。一気に思うようにしたいが、加勢してくれるだろうな」

「されど、向こうにこれといった落ち度もないのを、どうしようというのですか」

義時が問うと、時房もうなずいた。

「兄上のおっしゃるとおりです。亡き殿からのご信頼の厚かった一族ですから、人望もあります。迂闊に手を出せば……」

「なんだ、そなたたち、存外に気弱だな。落ち度ならある。京で守護どのに刃向かったのは、叛意《はんい》の表れじゃ」

「それは道理が通りますまい。ただの口……」

「やかましい」

二人の息子の言葉を、時政はしきりにあごひげをしごきながら遮った。胡座《あぐら》をかいた膝を小刻みに上下させているのは、どうやら止めようとしても聞く耳は持たぬ様子である。

時政も、もうあと二、三年で七十になる。

早くすべてを己の思い通りにしたいと痺れを切らしたか、それとも、牧ノ方の機嫌をさらに取り結びたくなったか、あるいは、その両方か。

「そなたらが止めてももう遅いぞ」

時房が訝しげにこちらを見た。

——まさか。

比企能員を殺す時も、義時には何の知らせもなかった。あの折は、自分の妻が姫の前だからだとばかり思っていたのだが。

——あんまり強引すぎる。

すでに事を動かして、こちらを巻き込もうというだけなのか。

「失礼する」

別の声がして、男が一人、姿を見せた。

——備前守《びぜん》ではないか。

牧ノ方の兄、牧時親《ときちか》だ。いつの間に鎌倉へ来ていたのか。

——そういえば。

比企一族を攻め、小御所を焼き払ったあと、亡骸を改める指揮を執ったのは、この男だった。

「ただ今、三浦右兵衛尉《うひょうえのじょう》が兵を率いて、畠山六郎のもとへ向かいました」

時親はさらに「畠山に謀反の意があるのは、明白です」と付け加えた。

三浦義村が重保を誅殺しに向かったとあれば、もはや騒ぎは鎌倉中に伝わっているだろう。

時政がにやりと笑い、「さて」と髭《ひげ》をしごいた。

「六郎の身に異変が起きたと知れば、必ず父親が出張《でば》ってこよう。そなたらにはぜひ、鎌倉の治安を維持してもらいたい」

時房が目を泳がせている。

――こういうことか。

もはや、選ぶ途はない。

「承りました。では、すぐに支度をいたします」

時房がそう言って立ち上がったので、義時も慌てて続いた。

「兄上。やむを得ませぬ。ともかくまず、全力で重忠を誅殺し、あとのことはそれから考えましょう」

かくなる今は、重忠に申し開きの機会を与えてはならない。確かに、時房の言う通りである。

六月二十二日。

御所の警護を、時政指揮の下に四百人、関戸の守りは時房の郎従と和田義盛の一党とである。

決められ、義時は正面の大将として葛西《かさい》、大須賀《おおすか》、国分《こくぶ》、相馬《そうま》、東、足利、小山《おやま》、三浦……、総力を挙げてのおよそ一万騎を率いて、畠山を迎え撃つべく、鎌倉を出発することになった。

「それにしてもなぜ」

「どうも成り行きが妙ではないか」

「ちと気の毒だ」

おのおのの御家人と個別に話をすると、戸惑っている者が実は多数いるのが伝わってくる。みな、手柄を挙げて時政から所領を与えられるのを目当てに軍に加わっているだけで、本当に畠山に非があるなどと考えている者はほとんどいないようだ。

——まずい。

これでは、畠山を潰すことはできても、その後、御家人たちの間に、北条への反感や不信、不安が広がってしまう。

そう思うと、どうにも、馬の手綱を持つ手が鈍る。

「おい、四郎」

途中、足並みを揃えるため、いったん牧が原で進軍を止めていると、義村が近づいてきた。

「お手柄だったな」

義時はそう言って、義村をねぎらった。

義村は今朝、夜明けとともに重保とその郎党らを取り囲み、皆殺しにしてから、この軍に加わっていた。

「ふん、たやすいものだ。……しかし」

鋭い目に、皮肉な色が浮かんでいる。

「そなた、じれったいヤツだな」

「なんだと」

「おれがおまえの立場なら、もっとこの状況を自分の良いように利用することを考えるぞ。なんの為に、長いこと亡き殿のお側近くにいたんだ」

言われるまでもなく、義時もそれは考えていた。

かような折、もし頼朝なら、どうするだろうか。

「うまくやってくれ。遠州さまでなく、おまえがもっと力を付けてくれれば、おれももっと面白くなるからな」

義村はそう言い残して、その場から去り、自分の配下の所へ戻っていった。

――ここはやはり。

義時は覚悟を決めた。

「実は、某も納得していないのです。ですが、遠州さまが絶対だと仰せで。さらに、備前守さままで加わられて、強硬にお命じになるので、異を唱えることもできませんでした」

「今後の道筋の確認をする」との口実のもと、参戦している御家人たちのもとを回った義時は、折を見計らっては、かような愚痴めいた言葉をぽろぽろとこぼして回った。

大抵の御家人たちは、「なるほど」「さもありなん」とうなずいてくれる。

「畠山の影が見えます！」

やがて、斥候に出ていた者がそう叫びながら戻ってきた。

「何騎だ」

「百三十ほどです」

戦力の差は歴然としていた。

――逃げるかも知れぬな。

そうなると厄介だ。

しかし、重忠は退くことなく、まっすぐこちらへ向かってきた。

「かかれ！」

義時の号令一下、大軍が重忠の首を目指し、競って進んだ。

陽炎《かげろう》の向こうで、夏草が踏みしだかれ、血飛沫《ちしぶき》が飛ぶ。

「愛甲三郎、敵の大将首、討ち取って候！」

義時の陣に首だけになった重忠の姿が現れた時、すでに夏の日は傾きかけていた。

その顔を正面から見る勇気は、義時にはなかったが、総大将として目を背けるわけにはいかなかった。川水で清められ、まぶたも閉じられてはいたものの、今にも口を開いて「なぜ」と問いかけてきそうに思われる。

「うむ。間違いない」

愛甲の手柄を認め、首を納めさせる。

共に戦っていた息子の重秀《しげひで》や配下の者たちは、重忠が討たれたのを見て、すぐに自害して果てていた。

「一晩野営した後に鎌倉へ帰る」と下知した義時は、義村を自分の陣へ呼び出した。

「頼みがある」

「なんだ」

義時が企みを打ち明けると、義村は深くうなずき「たやすいことだ」と言った。

「そなた、ようやく統領らしくなってきたな」

翌日、大軍は続々と鎌倉へ戻った。

「遠州さまへ、言上すべきことがございます」

時政のもとへ参上した義時は、帰途、ずっと考えてきたとおりの口上を、時政に一切言葉を差し挟ませることなく、述べたてた。

「重忠の一党は、弟たちは信濃や奥州へ行っており、従っていたのは限られた者だけ、総勢で百余騎でございました。およそ、謀反に及ぶような企みを持った態勢でないことは、火を見るより明らかで、これは誰かの讒言に違いないと思いました。さりとて、こちらの軍を止めようにも、時はすでに遅く」

目を閉じた重忠の首。あの顔を時政の前に突きつけてやりたいと思ったが、おそらくさようなことではもはや、この父の心は動かぬのだろう。

「こうして、重忠の命を奪うことになったのは、まことに気の毒としか言いようがございません」

時政が髭をしごきながらこちらを睨みつけてきた。

——臆してはならない。

ここからが、重要だ。義時は己を鼓舞するように息を吸って、言葉を続けた。

「ついては、讒言したのは誰かを、三浦右兵衛尉に探索させましたところ、すべては稲毛入道の企みと判明いたしました。よって、今、右兵衛尉が稲毛入道、及びその弟榛谷《はんがやつ》四郎《しろう》らを誅殺に向かっております」

「なんだと」

事の発端は、父が稲毛重成を使って、重保を鎌倉におびき寄せたことだ。

重忠は陥れられたのだということ、その張本人は稲毛重成であること。そこまで明らかにした上で、北条の後ろめたさをいくらか薄めようという、義時の策略だった。

むろん、稲毛をそそのかしたのが時政であろうことは、みな気付いていよう。となれば、御家人たちの不信感や不安感は、北条氏にではなく、時政と牧ノ方へみな集まり、義時や時房はむしろそれを正そうとしたとして、支持を得られる――そう考えた末の策である。

髭をしごく手が止まり、代わりにぶるぶると震え始めた。

「それでは、御免」

義時はくるりと踵を返すと、時政の前から下がった。

もう二度と、父と呼ぶ日は来ぬかも知れぬ――そう覚悟した、長い一日であった。

4、平賀朝雅

閏七月十九日――。

政子の屋敷の前へやってきた義時は、取り次ぎを待っているらしい大勢の者たちを目の当たりにしつつ、案内を請うた。

「相州さま。ようこそ。どうぞ」

脇を抜けて行くのが義時だと気付いた何人かが、通路を空け、深々と頭を下げる。軽く手で制しながら、中へ入った。

「こちらでお待ちください。尼御台所さまは、まもなくおいでになります」

義時はしばし、座敷で待たされた。

――やはり、こちらが遥かに多いな。

いくさに勝ったあとは、己の勲功を認めてもらおうとする者が、伝手を辿るために右往左往する。

通常ならば、時政のところに人が列をなすのだろうが、こたびは様子が違っていた。時政が畠山重忠を陥れたらしい――このことが広がると、御家人たちは時政に近づくことを忌避し始めた。うかつに目を付けられて、同じ目に遭わされては堪《たま》らないと思うのは当然だろう。

むろん、実朝と時政の署名の入った書状がなければ所領は与えられない。時政は武蔵国での守護と地頭の権限を厳密に守らせるべく、何度も触れを出していた。

しかし、時政を通さなくとも、恩賞にあずかれる方法があることを、御家人たちは知っていた。政子である。

「尼御台所さまにお取り次ぎを」

「なにとぞ、尼御台所さまに」

政子が妥当と判断した恩賞については、実朝に直接推挙される。「将軍からの指示」として、書状が作成され、実朝と中原広元が署名すれば、時政を通さずとも、認められてしまう。

政子はこの手を使って、重忠の所領をこれぞと思う者に分け与えていた。

ただ、時政は時政で、これに屈してばかりもおらず、むしろ今動かせる地頭の任命などを細かに調べては、自分の方から恩賞をちらつかせて、御家人に働きかけを強めるなどしていた。

――姉上の勝ちだろうな。

政子の指図した中で、義時がもっとも舌を巻いたのは、重忠の妻への対応だった。鎌倉へ連れてこられた重忠の妻を、政子は自分の屋敷に迎え入れると、即座に「亡きご夫君の所領は、そなたにそのまま」と告げて、妻を感激させた。

この妻は、実は時政の娘で、政子や義時にとっては腹違いの妹にあたる。政子も義時もほとんど会ったことのない妹なのだが、政子はそれをたいそう丁重にもてなしたらしい。

尼御台所さまは菩薩だ――すっかり心酔したこの妹に、政子は「すぐにでなくても良いけれど」と言いつつ、新たな縁組を持ちかけた。

――縁とはそうして使うものか。

政子が勧めたのは、足利義兼の息子との縁組だった。

足利家とは、以前、実朝の正室に義兼の娘を迎えようとして、時政から異論が出て、結局、京の公家である坊門信清の娘を迎えることになったという経緯がある。

いったん決まりかけた縁が破られたというので、足利家と疎遠になっていたのを、この重忠の妻を、重忠の所領という大きな財産を付けて縁づけることで、再び関係を深めようというのだ。

幸い、「尼御台所さまのお勧めとあらば、夫の一周忌が過ぎた頃にでも」と、本人も満更ではないらしい。

――かような真似は、父上にはできまい。

自分の娘だというのに、時政の方は、まるで関知しなかったらしい。それもあって余計、政子のもてなしを恩に感じたようだ。

――そろそろ、隠退したらどうだ。

義時が仕掛けたことではあるが、時政の人望はほぼ地に落ちている。これ以上、「北条の統領」としてのさばらせておくのは、今後のためにならないだろう。

――どうするか。

やはり、こちらから仕掛けるしかない。

実のところ、義時は密かに、待っていたのだ。父の方から、こちらに歩み寄ってくるのを。

自分は隠退するから、あとを頼む——そう言ってきてはくれまいか。

されど、義時のその望みは、叶いそうになかった。

畠山の一件のあと、弟の時房から「もし父から自分に家督相続の話があったら、兄上にと進言するつもりだから、そのつもりで頼みます」と申し入れがあった。

「もし今私が相続するようなことがあれば、どう考えてもこの先、尼御台所さまや兄上の方を立ててやっていかねばなりません。ならばいっそ、兄上が北条の統領になってくだされば、私の方は、息子らともども、その支えになりましょう」——何かと智恵の回る時房の言い分ゆえ、すべてを字義通り受け取って良いとは思えぬものの、今は義時と対立するつもりはないという意思表明として聞き入れ、その後は時政と牧ノ方の様子を互いに探っていたのだったが。

「兄上、内密のお話があります」

五日前の晩、その時房がこう言って訪ねてきた。

「実は、牧ノ方の侍女の一人から聞き出したのですが」

時房は、頼家の側で長らく、京の公家たちからの煩わしいあげつらいに耐えていただけあって、物腰が洗練されていて女たちへの受け答えも上手い。どうやらその才は、諜報に生かされているようだ。

「父上は、兄上や私ではなく、平賀どのに次を託そうとしているようです」

「平賀……」

平賀の妻は、牧ノ方の娘だ。

「平賀どのなら、これまでの功績から言っても、朝廷との関係から言っても文句はない。血筋で考えれば将軍家にもひけをとらないし、亡き殿の猶子でもいらしたのだからと、牧ノ方が父上に何度も訴えていると」

牧ノ方は若い。父よりも、義時との方がよほど歳回りは近いはずだ。

時政が死んだあとも、自分の言い分が通るよう、平賀を推しているのだろう。

「……血筋で考えれば将軍家にもひけをとらない、と言っていたというのだな」

「はい」

「そうか……。そなた、その侍女を手許に引き取ることはできるか」

「できぬことはありませぬが、いかがなさるおつもりですか」

「うむ。しばらくそなたの屋敷か、あるいは、私の屋敷で身を隠させて、いずれは姉上のところにでも出仕させるか、あるいは、そなたの妾にするというのはどうだ」

時房はにやりと笑った。

「よし、決まった。早いほうが良いぞ。その者のためにも」

その女を、牧ノ方のところから密かに抜け出させることに成功したとの知らせを受けて、義時は次の一手を仕掛けようと、政子のもとを訪れた。

「待たせたな。さて、人払いまでして、何用か」

姿を見せた政子の前で、義時は声を潜めた。

「はい。実はすぐにでも、尼御台所さまのお耳に入れたいことがございます」

「なんじゃ」

「牧ノ方の、企みについてです」

「牧ノ方？」

「はい。どうやら、将軍さまが近頃、尼御台所さまのお言葉をよくお聞き入れになっているることを、たいそう不満に思っているとか」

「ふむ。そうであろうな。それで」

「それで、遠州さまをそそのかして、今の将軍さまを廃し奉り、婿である平賀右衛門《うえもんの》権佐《ごんのすけ》を代わりに立てようと密かに企てていると。牧ノ方の侍女であった者から訴えがありました」

政子の数珠がぎりっと鳴った。

「なんということ！　先ほど、将軍さまは遠州の屋敷へ招かれてお出ましになったばかりぞ」

知っている。その時機を待っていたのだから。

「それはいけませぬ。御身をどこかへ押し込めよう、あるいは、害そうなどと企んでいるのかもしれませぬぞ」

政子は、頼家に対して自分たちが何をしたか、よくよく覚えているはずだ。

「早々にこちらへ、いや、私の屋敷の方が警護がしやすい。どうかご命令を」

政子はすぐに、侍所に下知を飛ばし、「殿を相州の屋敷へお渡し申せ」と命令を出した。

――頼むぞ、義村。

侍所には、三浦義村がいるはずである。あらかじめ、「できるだけ大騒ぎして、大勢でお迎えに行ってくれ」と伝えてある。

騒ぎを起こせば、それが現実になる。

そう教えてくれたのは、時政だ。

やがて、義村に加え、結城朝光、長沼宗政《ながぬまむねまさ》、天野政景《まさかげ》らが大挙して時政邸に押しかけ、「尼御台所さまのご命令である」と実朝の身柄を強引に奪い取り、義時邸に向かってきた。

時政謀反の噂は、瞬く間に広がった。

実朝供奉の列がこちらに到着する頃には、鎌倉中の御家人たちが続々と集まってきた。

――勝負はもう決したようなものだ。

義時は政子に「どうかみなに一言」と促した。

表に出るのは自分ではなく、政子の方が良い——そう判断してのことだ。

「遠州の所行は、亡き殿のご遺志を無にするもの。正しく亡き殿の血を分けた御子である今の将軍さまがご健在であるというのに、他の者にその地位を許そうなど、言語道断。妾は今日、今を限りに、遠州との親子の縁は切る」

将軍職に就くのは、頼朝の血を受け継ぎ、かつ、その妻であった政子を重んじる者でなければならない——この確固たる信念を揺るがす者を、政子は決して許さない。

「御台さま。これから遠州どのの真意を質《ただ》しに参ります」

「うむ。……少しの憐憫《れんびん》なら、かけてやれ」

この場を義村に任せると、義時は時房と共に、あえて少ない供回りで時政のもとへ向かった。

——思ったとおりだ。

屋敷は閑散としている。

この期に及んで時政と命運を共にしようと思う者はいないだろう。

それでもまだ、なんらかの企みをしていないとも限らない。

「殺すなよ、くれぐれも。縛るだけで良い」

義時はまず藤馬と行親に命じて、時政と牧ノ方の居場所を探らせた。

ほどなくして戻ってきた藤馬の案内で、時政の居室へ向かおうとすると、女たちが数名、廊下で額を床にこすりつけて平伏している。

「そなたらの命は取らぬ。安心せよ」

女たちの衣をかき分けるように入っていくと、猿ぐつわをされた時政と牧ノ方が後ろ手に縛られ、その綱を行親が握っていた。

「さて、遠州さま。何か申し開きがありますか」

猿ぐつわを緩めつつ、しかし伸びたあごひげの根元に短刀の鞘《さや》をぐいと押しつけて、義時は詰め寄った。

「四郎。かようなことをして、どうなると思っている」

「さて。面妖なことを仰せになる。私は、遠州さまのやり方を学んで、少しだけ付け加えただけですよ」

「付け加えた……」

「ああいうことをすれば、みな、こたびのことも〝遠州さまならいかにもありそうなことだ〟と納得する。申し開きをしても、誰も信じないでしょう。もっとも畠山重忠は、一言も申し開きの機会のないまま、討ち死にしていきましたが」

傍らで牧ノ方が唸り、暴れようとして、行親の当て身を食らった。

「おい」

「だいじょうぶですよ。気絶しているだけです。で、これからいかがなさりたいですか」

時政は黙ってしまった。

「この場で出家なさるなら、明日、伊豆までお送りする供くらいは付けましょう」

義時はそう言うと、持っていた短刀を抜いた。

「ど、どうするのだ」

狼狽《ろうばい》している時政の目の前で、ぐったりしている牧ノ方の髪を掴み、首筋のあたりでぷっつりと切る。

「こちらのお方は諦めが悪そうですから、こうしてあげます」

翌朝、時政と牧ノ方、それぞれを押し込めた牛車が伊豆へと出立した。

「若。某も伊豆へ行かせてください」

「藤馬」

「某が若のお側に仕えることになったのは、そもそも、御館さまが拾ってくださったからこそです」

義時は遥か昔、まだ元服もすまない頃のことを思い出した。

「小四郎。今日からこの藤馬がそなたの遊び相手じゃ。共に武芸の腕を磨くと良い」

時政に連れてこられた藤馬は、弓も太刀も馬も巧みな、これ以上ない側近だった。父親はいくさで、母親は疫病で亡くなったと聞いている。

「某の父は昔、御館さまのもとで仕事をしていました。ちょうど某が、若のために働いてきたように」

藤馬がしてきたように。

父の若い頃。ほぼ一代で北条を、頼朝に頼られるまでの一族にしたとは聞いているが。

「最後のご奉公を、古里の伊豆でさせていただきとうございます。……御館さまは、若が見張りをよこしたのだとお思いになるでしょうが」

「分かった。よろしく頼む」

藤馬が軽い身のこなしで去って行くのを見届けた義時は、自邸に広元、善信、安達景盛らを招いた。

「ご参集いただきましたのは、右衛門権佐への処分について、皆さまのご意見を賜りたく」

父の轍《てつ》を踏んではならない。

頼朝以来の古参を重んじて、常に味方としていくのだ。

頼朝の非情さは必要だが、強引が過ぎれば自滅する、いや、させようと謀る者が必ず現れる。

「権佐は、左馬助どのが生死の境をさまよっているというのに、酒宴を開いていたようなお方ですからな」

「そこで畠山に咎められたことを根に持って、遠州どのに讒言したのが、一連の騒動の、そもそもの発端。罪は大きいでしょう」

「在京の御家人たちに、追討を命じましょう。事は速やかなのが何よりです」

　その日のうちに使者が立てられた。

　平賀朝雅誅殺の知らせを携えた使者が鎌倉へ戻ってきたのは、それから十一日後の、八月二日のことであった。

「残党はいかがしましょう」

　義時は政子のもとに参上して、意向を聞き出すことにした。もちろん、広元や景盛も同席の上である。

「備前守は出家したのだな」

　牧ノ方の兄、時親は、朝雅誅殺の知らせを受けてすぐに落飾、謹慎の体を取っている。

「あとは、宇都宮《うつのみや》弥三郎か……」

　牧ノ方の娘婿で、動きの見過ごせない人物と言えば、宇都宮頼綱《よりつな》だ。

　協議の中で、広元から「縁戚にあたる小山朝政《ともまさ》に追討を命じてはどうか」との提案があった。

　――なるほど、そうすれば、双方の出方を量ることができるな。

一連の騒動で、御家人たちには戸惑いが生じている。政子と実朝を盾として、義時が実権を握りつつあることを、広く周知させるには、良い方法かもしれぬ。

――しかし、広元という人は。

武家でない、文官だというのが不思議なほどの知恵者である。義時は、絶対に広元だけは敵に回すまいと心に刻んだ。

頼綱追討を命じられた朝政は、こちらの命令の裏にある意図を的確に察知したようで、「自分は一切、頼綱に同座するつもりはないが、追討使のつとめはどうか他の者に申しつけて欲しい」と言葉を尽くして辞退してきた。

結局その後、朝政からの助言があったのだろう。頼綱は自ら出家した上で、ごく少ない供回りを連れて鎌倉へ参上し、切り落とした髻を御所へ献上して、深い謹慎の意を表したので、将軍の名で許しが与えられた。

元久二年九月。

四十三歳の義時は〝江間〟を名乗るのを止め、〝北条〟に改めた。

「相州さま。将軍さまのもとに、内藤兵衛尉朝親《ないとうひょうえのじょうともちか》という者が対面を求めて熱心に参上しているそうですが」

御所に出仕すると、政子の侍女のひとりが側へ寄ってきた。

「尼御台所さまから、いかなる者か調べてほしいと」

内藤朝親。まったく聞いたことのない名だ。

「その者は、何用だと言っている」

「はあ、それが……」

侍女が首を傾げた。

「『新古今和歌集《しんこきんわかしゅう》』とかいう歌の集を、是が非でもご覧に入れたいと言っています」

「歌の集？」

あまりに存外だったので、義時は返答ができなかった。

「その者は公家か？」

「いえ、そうではないようですが」

どうもよく分からぬ。

「分かった。ともかく、調べてみよう」

幼い少年とばかり思っていた実朝が、思いも掛けない方向に成長しつつあることに、義時はまだ、気付いていなかった。

四　和田義盛

1、政所別当

元久《げんきゅう》三（一二〇六）年二月四日——。

——歌の会とは。

義時は名越山《なごえやま》に所有する山荘にいた。

春も盛りだというのに珍しく大雪が降ったのを、実朝が「歌を詠むのにふさわしい日だ」と言い出して、ここまで足を運ぶことになったのだった。

「桜の花が雪に紛《まが》う。まさに『古今集』の春の景だ。素晴らしい」

せっかく開きかけた山桜のつぼみに冷たい雪が降りかかるのを、義時は不憫としか思わぬのだが、どうやら実朝にとってはそうではないらしい。

夜、庭に篝火《かがりび》を焚き、雪景色を見ながらの「歌会」が催された。

正直、歌など得意でもなく興味もないので、会そのものの差配は泰時に任せることにした。

「朝親どのも重胤《しげたね》どのもおいでですから、心配ないと思われます」

「うむ。頼んだぞ」

京から「新古今和歌集」がもたらされ、その中に父頼朝の歌が二首入っていると知ってから、実朝はたいそう熱心に歌を学ぶようになっていた。

その「新古今集」を持参した内藤朝親、武家でありながら父の胤頼《たねより》から二代にわたって歌の道に通じている東《とう》重胤は、今や実朝お気に入りの側近である。

——勅撰和歌集か。

天皇の命令で撰集される歌の集。古《いにしえ》の「古今和歌集」に始まり、「新古今和歌集」はその八集目に当たるのだそうだ。

——私には無縁の世界だ。

「……かきくらし　なお降る雪の　寒ければ……」

実朝の作った歌を詠み上げているらしい、重胤の朗々とした声を遠くに聞きながら、義時は別室でひとり、横になった。

——たまには良いか、こんな晩も。

昨年の秋に父時政が隠居して以来、北条の統領として遇されるようになった義時だが、むしろその振る舞いは慎重さを増していた。

鎌倉からは日々、諸方へ命令や裁定の文書が出されるが、今のところ義時はそれらに署名や押印をしていない。

政所別当である中原広元や善信らからは、「相州どのも議事には加わっているのだから、判を押してほしい」との要請もあるのだが、あえて断っていた。

「まだ実務は未熟ですから」——表向きはそう言っていたが、本当の理由は別のところにある。

「しばらく、あまり表立って動かぬよう」——姉の政子から、こう釘を刺されていたのだ。

理由はなにより、まだ十五歳と若すぎる将軍、実朝を守るためである。

頼家の長男、一幡については、命を奪うことになった政子と義時だったが、頼家には他にも男子が三人あった。肉親の情から言っても、世の聞こえを憚る意味でも、さすがにこの三人までは殺せぬと判断したらしい政子は、三人を仏門に入れ、かついずれも実朝の「猶子」——養子と違って跡は継がせないものの、親子同様の間柄であると公に宣言する存在——にして、向後の争いの芽を摘むつもりらしい。

ただ、三人のうち二人までは、現在政子の保護下——監視下と言うべきか——にあったが、一人、今年六歳になるはずの千手丸《せんじゅまる》だけが、行方が分からぬという。

「妾もそなたも寛容であると分かれば、姿を見せるかもしれぬ。なんとか探し出したい」——政子はそう言って、あとの二人を、一人は京で代々帝の皇子が別当を務める仁和寺《にんなじ》で、もう一人は自分の屋敷で養育させるなど、厚遇する様子をことさら誇示していた。

将軍の後継をめぐってふたたび争いが起きぬようにするには、政子の配慮を尊重すべきであろうと、義時も考えていた。ひいては、それが北条の安定にもつながる。

ただ、義時が動かぬ理由は、それだけではなかった。

——父の轍は踏むまい。

強引な父を、鎌倉から策謀で追放した息子。

今も変わらず尼御台所として力を持ち続ける政子の影とも相まって、おそらく北条氏、あるいは義時を「専横、不遜」と見て、恐怖心や反感を持つ者もいるだろう。

義時は今年四十四歳。働き盛りではあるが、鎌倉方で要職を務める顔ぶれを見ると、広元は五十九歳、善信は六十七歳、侍所別当の和田義盛も六十歳と、頼朝の代からの重鎮たちがまだまだ健在だ。時政がいなくなったからといって、義時が急に大きな顔をすれば、誰からどう思われるか分からない。自重するに越したことはなかった。

加えて、父を追放する折、「後継は兄上に」と言っていたはずの弟の時房が、抜け目なく実朝からの推挙を得て、すでに従五位下の位と、駿河守の官職を手に入れている。足下を掬われて、立場を逆転されないためにも、立ち居振る舞いには気をつける必要があった。

「寝るとするか」

山荘での独り寝も、悪くない。

そう思って横になった義時だったが、まだ歌会は続いているらしく、朗詠の声に交じって、時折、篝火のばちばちという音なども聞こえてくる。

——いよいよ元服だな。

姫の前が残していった子のうち、最年長の男子は今年で十四歳。秋になったら、実朝から一字をもらって朝時《ともとき》と名乗り、元服することが内定している。

子の元服なら本来慶事だが、義時にとって朝時は、複雑な思いを連れてくる存在になっていた。

——どちらの胤だろう。

考えるまいと思い、また姫の前が自分とともに暮らしていた頃は、どちらであっても我が子だと、きれいごとでなく本当にそう思えていたのだが、離縁から二年が過ぎた今更になってむしろ、ふと考えてしまう折が増えた。

成長するにつれて、面差しにはっきりと頼朝の影が現れるようであれば、万が一にも他人から余計なことを吹き込まれぬうちに、「そなたを母ごと、亡き殿からこれ以上ない褒美としてもらい受けたのだ」と美談にしてしまおうと考えていたのだが、今のところその気配はない。

それでは自分に似ているかというと——どうにもそうは思えない。明らかに似たところがあるのは、母親である姫の前だけだ。

——よそう。

考えても詮ないことだ。

歌の宴はいつしか果てたのか、気付けば屋敷内が静まりかえっている。

何度か寝返りを繰り返しながら、義時もようやく、眠りに就いた。


この年は四月末に改元の沙汰があって建永《けんえい》とされたが、翌年の十月になるとさらに承元《じょうげん》と改められた。「疱瘡《ほうそう》が流行し、世に数多の死者が出たので、悼んで改める」と、京から伝達があった。

その承元が二年目となった年（一二〇八）は、正月の六日に鎌倉一帯を大地震が襲って人々を不安に陥れ、さらに十六日には善信の屋敷が焼失するという惨事があった。

屋敷の一隅には巨大な書庫があり、鎌倉方に伝わる多くの文書や、三善家代々の諸記録などが架蔵されており、貴重な先例の宝庫でもあった。それらが灰燼《かいじん》に帰したことは、善信のみならず、広元ら、官吏貴族出身の者たちに大きな衝撃を与えた。

「何か良からぬ兆しでなければ良いが」

相次いだ災厄に、多くの者が不安を感じる中、それは起きた。

二月三日のことであった。

「たいへんです、殿が」

「将軍さまが、疱瘡に」

実朝の病の報はまたたく間に広がり、多くの御家人たちが鎌倉に集まり始めた。

「今の殿に何かあったらどうなるのだ」

「御子はまだいらっしゃらないだろう。先の殿（頼家）の御子たちは……」

「二位さま（頼朝）のお血筋に連なる方なら、他にもふさわしい人がいるのではないか」

実朝を心配するというよりは、次の後継は誰なのかに大きな関心が集まるのは、やむを得ないことではあるが、政子には大いに不快であったようだ。

「騒ぐでない。皆、必ず鶴岡八幡宮へ参詣して、それから国許へ帰るように告げよ」

にわかに増えた、御所への参上を願い出る書状を、政子は苦々しく床にたたき付けると、自分は八幡への遣いを出して、こう告げた。

「即刻、将軍家のために祈禱を始めよ。供物として、僧衣を三十揃い、すぐに新調してつかわす」

ほどなく政子は、僧衣を積んだ荷車を従え、さらに実朝の正室信子を伴って、鶴岡八幡宮へと参詣していった。

——実朝に何かあったら、か。

確かに、それは面倒なことになる。

幸い、疱瘡は三月に入ってようやく治癒したものの、実朝はその後、閏四月にも十日ほど病で床についた。

「なかなか子ができぬのは、たびたびの病のせいであろうか。御台が輿入れしてもう三年余りになるというのに」

他の者がいないところで、政子が義時にそうこぼした。

「まだお若いですから。あまり急かしても」

「さりとて万寿などはこの歳にはもう、い……」

政子はそう言いかけて絶句した。

頼家が今の実朝と同じ、十七の時にもうけた男子一幡は、もうこの世にはいない。

義時がこの手で命を奪ったのだ。政子の命令で。

一幡を殺したことと、実朝が病で苦しんだり、なかなか子ができぬままに今に至ったりしていることは、どうやら政子の胸中では何かの因果で結ばれたらしく、近頃いっそう、神仏祈願に余念がない。乳母である阿波局まで揃って、神妙に祈禱や法会に出向いていく。

——以前は罰当たりな巫女さえ許してやったくせに。

巫女としての奉仕期間が済まぬうちに男と密通したという女は、今も伊豆にいるのだろうか。

つい冷ややかな笑みが浮かびそうになるが、実朝が壮健であってくれた方が良いのは、義時とて同じである。

この年の災厄はこれに留まらず、五月から六月半ばにかけて、雨らしい雨が降らずに田畑が干上がったり、七月にはさらに地震や竜巻に見舞われたりした。

「妾は、熊野《くまの》へ参る」

政子が決然とそう宣言したのは、九月の末のことだった。

実朝は、病こそ癒えたものの、身体の不調を理由に、放生会や祭礼など、鶴岡八幡宮の重要な催しに自らは赴かず、義時や時房を代参に立てることが続いていた。

和歌に熱中して面倒臭がっている、五月に京から「古今和歌集」の写しが届いてからはなおさら――義時の目にはそうとしか見えぬのだが、政子から見ると、ただただ病がちな我が子が不憫ということらしい。

「ずいぶん遠方への旅となりますが」

「構わぬ。あの後白河上皇も何度も参詣なさったというではないか。さぞ霊験あらたかに違いない」

多くの貴顕たちが挙《こぞ》って願を掛けてきたという紀州の熊野権現へ行って、実朝の身体護持と跡継ぎ誕生を祈りたい。言い出したら聞かぬ姉に、時房が旅程の差配をすることになり、十月十日、熊野詣での一行が鎌倉を発《た》っていった。

それから十余日ほど経ったある日、政子と入れ替わるように、西から戻ってきた者があった。

「相州さま。お久しぶりでございます」

「東どの。よう戻られたの」

半年ほど前に、所用があるとかで京へ向かった、東重胤だった。

重胤は実朝のお気に入りで、なかなか鎌倉を離れる許しが得られなかったのだが、「年内には必ず戻ってきて京での見聞を伝える」のを条件に、義時が実朝にとりなしてやったという経緯があった。

「御所へのご挨拶は済まされたか」

以前、重胤が国許である武蔵へ下り、帰参が遅れた際には、実朝がたいそう機嫌を損ね、周り中が持て余したことがあった。

「はい。先ほど。また以前同様に歌の学問に侍るよう、お言葉がございました」

また歌か。義時はそう思ったが、とりあえず黙っていた。

「いかがであった、京は」

「はい。近頃は、上臈の方々の間で、鳩《はと》を飼うのが流行《はや》っております」

「鳩……」

蹴鞠、和歌、鳩飼い……京からもたらされる習俗は、どうにも義時の理解を超えている。

「それから、あの……、件《くだん》のお話でございますが」

どきりとする。

「何か、分かったか」

「はい。といっても、少将さまは和歌所《わかどころ》寄人《よりゅうど》でもいらっしゃり、某が直接対面できるようなお方ではないので、聞いた話でございますが」

重胤が目をぱちぱちとさせた。

――ほう。ずいぶんもったいがつくことだ。

従四位下、左近衛少将、源具親。姫の前の現在の夫である。

義時は、実朝が重胤や朝親らと話しているのを聞くともなく聞いていて、この具親が「新古今和歌集」に、頼朝の二首を上回る七首も採られている歌人であること、しかも上皇から「和歌所寄人」を命じられ、「新古今和歌集」の撰集が完成した際には、その記念の宴にも列席していた人だと知ったのだ。

義時は、重胤が京へ発つ折、「その少将という方の、北の方の消息を聞いてきてほしい」と頼んだ。

「北の方さまは、昨年の春に亡くなられたそうにございます。なんでも、産後の肥立ちが悪かったそうで……」

思いも寄らぬ返答だった。

――亡くなった?

足下が崩れ落ちそうになる。

恨めしさ、怒りの交じった未練……己一人の胸に沈む、言葉ではとうてい表せそうにない感情をぶつけたい相手は、もうこの世の人ではないというのか。

「そうか……」

自分の声とは思えぬ、掠《かす》れた音がした。

「相州さまとは、何かご縁のある方でいらっしゃいましょうか」

重胤には、それが姫の前であるとは明かしていない。義時は必死で動揺を押し隠した。

「いや。以前に尼御台所さまのところにいた女房だ。いささか気に掛けておいでだったので」

「さようですか。それは残念なことでございました。ご存命なら、将軍さまにも良いご縁となられたことでしょうに」

重胤の言葉は、義時の耳にはまるで入ってこない。

なんとか取り繕って、義時はやがて、居室で一人になった。

――死んだのか。

馬鹿げたことだ。離縁して、すぐに再嫁した女のことを、いつまでも。

――忘れろ。

女なぞ、今の義時になら、いくらでも自由になる。北条の統領の側女にと望まれて断るような女は、この鎌倉にほとんどいないだろう。

公家の、歌詠みの妻になって死んだ女。

忘れろ、忘れろと自分に言い聞かせながら、義時はずっと、涙を流し続けていた。


承元三（一二〇九）年――。

実朝は何か思うところがあったのか、弓始や八幡への奉幣といった、正月の行事はきちんと自分で行った。

といっても、二月、三月になると、また広元や義時に代参させるようになったので、「気まぐれか」と、つい義時の目は冷ややかになってしまう。

三月二十一日、義時が御所へ出仕していると、善信が「今し方京から届きました」と困惑の色を顔一杯に浮かべながら、大きな盆の上に箱を恭しくいただいて姿を見せた。

「上皇さまからの私的なお届けものだということです。ぜひ、側近の方々ともどもご覧いただきたいとの添え書きがございます」

「なんですかな、わざわざ」

その場に顔を揃えていた広元、善信、義時は訝しんだが、実朝は構わず、「良い、開けて見よ」と命じた。

善信が箱に掛けられていた紐を丁寧に解く。

――鞠。

三人は一斉に眉を顰めたが、実朝には何のことやら分からないらしい。

――何の真似だ。脅しか。

それにしても、意味不明である。

「私はあまり、鞠は……。上皇さまはお好きなのだろうか」

箱には巻物が添えてある。広元が広げて一読して、なお嫌な顔をした。義時も脇から中身を見る。

――源性ではないか。

巻物に書かれていたのは、さる二日に京の上皇御所で行われたという蹴鞠の記録であった。上皇とともに蹴鞠に興じた者の名列の中に、大輔房《だいゆうぼう》源性とある。

亡き頼家の側近で、頼家が将軍の座を降りてからは、鎌倉から姿を消していた。算術の達人でもあり、頼家の命令で、有力な御家人や官吏たちの所領の広さを計算した僧侶だ。頼家がそれをもとに、今ここにいる三人も含め、頼朝の頃から仕える有力な者たちから、所領を一部召し上げる腹案を立てたため、一騒動起きたことがある。中でも善信の立腹と狼狽は激しいものがあった。

鞠と源性——実朝は幼かったからよく分かっていないだろうが、義時や広元にとっては、頼家を強く思い出させる組み合わせである。政子も、実朝の和歌狂いにいくらか危惧を抱きつつも許しているのは、「蹴鞠よりはまし」と思っているためであろう。

「上皇さまは、私にも蹴鞠を勧めておいでになるのだろうか」

何も知らぬ実朝がそう言うのを、善信が鞠と書状をそそくさと片付けながら「特にさような意図はないでしょう」と素知らぬ顔をした。

「某もそう思います」

義時と広元も異口同音に述べた。

「ふむ……。まあ良い、適当に返答しておいてくれ」

広元の眉がぴくりと動いた。かような折はこの人が頼りだ。

こんな、上皇からの不審な届け物から二月《ふたつき》ほど経った、五月の半ばのことである。

「尼御台所さまから、早急においでをとのことでございます」

自邸にいた義時は政子から呼び出された。

——かような呼び出しは、たいてい悪い話だが。

何だと思って座敷へ入ると、やはり政子は不愉快そうに口をへの字に曲げている。

「和田左衛門尉が、上総介《かずさのすけ》に推挙してほしいと、内々に頼んできたそうな。千幡から相談があった」

政子の腕の数珠がぎりりっと鳴った。

──和田義盛が？

義盛は侍所別当だ。長らく、鎌倉方の軍事を束ねる職についている。

「それで、いかがご返答なさったのでしょう」

「うむ。前例にないことだと一蹴しておいた。それをどうしてもと仰せなら、もはやそれは女の口出しするところではないとも」

ぎりっ、ぎりっ。この音を、実朝はどう聞いたろう。

女の口出しするところではない──言葉の上だけ聞けば、遠慮しているようだが、決してそうでないことは明白だ。

この母の認めぬことを、それでもどうしても始めるというなら、もうこの先は何があってもすべての責めは己で背負え、自分は助けぬ──政子の真意はおおよそこんなところであろう。聞きようによっては、かなり手厳しい拒絶とも受け取れる。

鎌倉方にゆかりの深い国の国司任命については、将軍から朝廷に推挙するという慣例が、頼朝の頃からある。

ただ、これまで国司に推挙されたのは、原則、源氏の一門に連なる者に限られる。例外の事例は中原広元と北条時政、義時、時房のみである。

——上総介か。

介は本来次官を指す言葉だ。

常総、上総、上野の三国は代々、親王が長官をつとめることが決まっていて、呼び方も「守」ではなく「太守」とされる。

ただ、親王太守は現地へ赴くことはないので、次官である介がほぼ他国の「守」と同格に扱われる。

和田義盛は、すでに六十三歳。侍所別当は鎌倉方の御家人の中ではたいへん大きな力を持つのだが、それだけでは飽き足らなくなったというのか。

「千幡はどういうものか、和田に余計な気を遣っておるようじゃ。気をつけて見ておいてほしい」

実朝が、亡き父頼朝と同い年で、父の昔の事績をよく知る義盛に対し、どこか慕うような情を持っているらしいことは、義時も政子も気付いていた。

政子の言葉通り、実朝は「推挙しない」と義盛にはっきり拒絶の意を伝えることができなかったらしく、十日ほど経って、広元のところに上総介を希望する文書が公に提出された。

「治承からの三十年にわたる勲功がずらりと並べ立てて書いてありましたよ。末尾は〝一生の執念はただこの一事である〟と結ばれていました。将軍さまはいかがなさるおつもりでしょうね」

広元はぼそりと、義時の耳にそう入れていった。

その後、気をつけて実朝の様子を見ていると、どうも義盛の書状は返されず、受理されたようだ。「すぐにというわけにはいかないが」というような内意が示されているらしい。

――義盛のさような願いが入れられるなら。

義時にも、実はかねがね、将軍に願い出たいことがあった。朝廷への推挙など不要の、あくまで鎌倉方での裁許で済むことだ。

秋になっても義盛の願書が実朝の元で〝検討中〟の扱いになっていることを知った義時は、思い切って実朝に願い出てみた。

「我が北条の家来たちの中には、長年に渡り、私心を捨てて尽くしてくれている者がおります。そうした者たちの、鎌倉方での扱いを少し、格上げしてやっていただきたいのです。こちらから推挙する者を、御家人に准ずる者としてお認めいただきたい」

北条の足下を強くするための方策として、義時がかねがね思い描いてきた制度であった。

ところが、実朝はこれを、たいして審議に時をかけることもなく、厳しく却下してきた。

さようなことを許せば、子々孫々の代において混乱が起きる。北条との由緒が不明になった者が、勝手に将軍家に推参してきたら困るだろう――これが実朝の回答だった。

――ずいぶんたやすく斥《しりぞ》けたな。

簡単に認められると思っていたわけではないが、義盛の任官に比べて、回答までの時が圧倒的に短く、政子に内々で諮られることすらなかったのが、義時には癇《かん》に障った。

一方の義盛には、「もうしばらく待つように」と特別の配慮があったと、義盛自身が周りに隠すこともなく喜びを露わにしていた。

――誰のおかげで将軍になれたと思っている。

そなたが将軍になるにあたっては、こちらはこの手で幼子とその母とを殺し、妻を離縁までしているのだ。

そなたなど、北条氏がなかったら、ただの公家かぶれの軟弱武士に過ぎぬぞ――心中でつい、罵詈雑言《ばりぞうごん》を浴びせてしまう。

「亡き父の話をしてほしい」――そう言って懐いてきた幼い実朝はかわいかった。なんとかしてやりたいと思った。

しかし、今はどうだろう。

三十一文字にばかり熱中して、武家のたしなみを疎《おろそ》かにし、どうかすると鶴岡八幡宮の神事まで代参で済ませる――義時には苦々しく思われてならない。

つい先日もこんなことがあった。「歌だけでなく、弓馬の道も高めていただきたい」と上申したところ、実朝がにわかに競弓の会を御所で催したのだ。

「良いものですな」

「やはり、こうでなければ」

広元と二人、その様子に目を細めたのも束《つか》の間、その三日後には御所で、競弓の会に参加した者たちが大宴会を始めた。膳が並び酒樽《さかだる》が数多運びこまれ、歌舞音曲の限りが尽くされた。

「負け饗《わざ》ですよ、負け饗」

呂律《ろれつ》の回っていない若い者がふらふらしている、その袖を義時は思わず摑んだ。

「負け饗？」

「弓の会で負けた者は、勝った者に酒食をごちそうする約束です」

傍で聞いていた広元が眉を顰めた。

「公家の習俗ですよ。歌合なんかでよくやります」

ばかばかしい。

武家が、弓や太刀、馬の技を磨くたびにかように宴席を設けていたら、財がいくらあっても足りぬだろう。

腹立たしく思い、叱りつける言葉を探していると、いち早く広元が大音声を上げた。

「今ここで酒を飲んだ者は、生涯将軍家への忠誠を誓え！」

そこここから「おう」「おう」と返答が聞こえ、木霊して、御所中が揺れ動く。

義時はぽかんと広元の顔を見た。

「相州どの。かような折は、宥めても無駄です。やむを得ません、今日は退《ひ》きましょう。愚か者どもめ」

呆れながら広元に従って御所を下がった夜のことを苦々しく思い出してから数日後、義時は改めて実朝から呼び出された。

「相州。先日の件はもう少し検討させてもらうことにした。その代わりといってはなんだが、正式に、政所別当の座に就いてもらいたい」

広元が〝高齢ゆえ〟と広言して、引退を表明したのだ。以前からたびたび「そろそろ」と口にし、文書への加判など表に立つつとめを他の者に譲ったりしていたが、改めての意思表示となった。

暗に、高齢のくせに今なお、上総介をねだろうとする義盛を牽制する狙いも、どうやらあるようだ。

その広元が、後任に義時を推挙していったという。

――やはり頼るべきはこの人だ。

広元の言を聞いた実朝の胸のうちで、いかなる忖度《そんたく》があったものかは分からぬが、義時はこの年の暮れから、将軍家の政所別当の座に就くことになった。

義時、四十七歳の冬であった。

2、息子たち

建暦《けんりやく》元（一二一一）年十二月――。

義時が政所別当となって二年が過ぎた。

義盛の願っていた上総介には、実朝が朝廷と交渉できぬまま、上皇の御所に仕える北面武士、藤原秀康《ひでやす》が任官してしまった。

この秀康は義盛にとっては甥の息子に当たるらしいのだが、それはまったく、義盛の意中とはかかわりのないことだったらしい。

ひどく落胆した様子で、実朝の「もう少し待て」の言葉も聞かずに、以前に出していた願書を自分から取り下げていった。七十歳に近くなった身には、「あと四年、次を待つ」のは長すぎたのかもしれぬ。

義時の方はというと、息子の泰時に、思わぬ問題が持ち上がっていた。

「父上、申し訳ない」

「なんとかならぬのか」

「それが……。気持ちはどうしても変わらぬと」

「互いに嫌っていないなら、なぜ」

「それが……」

三浦義村の娘を妻に迎え、男子を一人もうけていた泰時だったが、今になって離縁するという。

「自分が側にいては、あなたの運がきっと開けぬ、離縁してくれの一点張りで。どう説得しようにも、耳を貸してくれぬのです」

泰時が打ち明けてくれたところでは、「去年、身ごもった子が流れてしまったせいだろう」という。

「八年前に太郎が生まれてのち、なかなか次の子を身ごもらぬのを、本人がたいそう気に病んでおりまして。去年、身ごもった折の喜びようが大きかっただけに、流れてしまってからは、気鬱がひどく。うっかり目を離すと、刃物で己の喉元を突こうとする時もある有様で」

太郎が生まれて間もない頃、妻や子が病がちであることを気にして、自らの名を改めたほどの息子の心中を思うと、義時は不憫だった。

——あやつとも一度、話しておくか。

義時はこっそり、三浦義村の屋敷を訪ねた。

「済まぬ。近いうち、こちらから訪ねようと思っていた」

娘からはたびたび手紙が届いていると、義村はため息を吐いた。

「幼い頃から、言い出したらきかぬ娘でな。自分が夫の武運の妨げになるのだけはどうしても嫌だと。ぜひ他の女を娶って、もっと血筋を広げてもらいたいと言っている」

何かにつけて頼りになる男だが、ことが己の娘となると、まったく為す術《すべ》がないといった様子だった。

――二人は亡き殿の縁なのだが。

泰時が元服した折、頼朝から「義村の娘を娶れ」と命令があって決まった縁組だった。鎌倉の今後のために、義時と義村を結びつけておこう――頼朝の数ある深謀遠慮のうちの、ほんの一端ではあろうが、人の縁はなかなか、意図したようになるものではない。

「……娘御を離縁しても、北条と三浦との縁は切れぬと、頼りにしていても良いだろうか」

父時政を追放した折、義村はもっとも重要な局面で動いてくれた。義村がいなかったら、あの一件はどうなっていたか分からない。

「それはこちらの言うことだ。どうか、娘を許してやってほしい。……せっかく、北条の統領の奥方になれるはずだったというのに」

いつになく憔悴した様子の義村に暇《いとま》を告げて、義時は自邸へと戻った。

――北条の統領か。

義時もとうとう来年には五十歳になる。

次は誰に――とは、周りがみな思うところだろう。

義時としては、泰時がやはりかわいい。長男で、ここまで苦労をともにしてきたという思いもある。ただ、泰時の母とは家同士で結びついた縁談ではなかったため、あくまで庶子扱いなのが不憫ではある。

嫡子というと、本当なら姫の前の第一子、朝時だ。ただこれも、比企一族をああして追い詰めてしまったことや、姫の前のその後を考えると、すんなり後継者だと言えぬところもある。

加えて、一度は時政から後継者扱いされていた弟の時房の存在もある。表向きは義時に従順に見えるが、正直、腹の中は見えぬ。泰時や朝時に何かあれば、どう動いてくるかは分からない。

――娘は幸いだが。

姫の前が置いて行った女子は、中原広元の息子、親広の妻になった。鎌倉中見渡しても、これ以上ない婿選びだったと思う。

――泰時の次の妻は、どこの娘が良いだろう。

義村や広元との結びつきに差し障りのない家の娘を考えてやらねばならぬ。義時の今の妻の父、伊賀《いが》朝光との兼ね合いもある。

——それにしても。

「不思議なものだ」

つい、言葉がこぼれる。

もし、あの時、頼朝が政子を妻にしていなかったら、今のこの、義時を取り巻く人々の十重《とえ》二十重《はたえ》の糸は、まるで違ったものであったことだろう。

来年、建暦二（一二一二）年の正月一日には、昨年に続いて、新年の御所の垸飯役を義時がつとめることになっている。

義村が娘の離縁を了承している——そう伝える書状を泰時あてに書いて、その年はほろ苦く暮れた。


垸飯も無事に済み、新年の諸行事がおおかた一段落した二月、実朝に仕える人々の気持ちを、いくらか騒がせる一件があった。

「相模川の橋が古くなって危ないので、修理してほしい」という要望書が政所に出されたのだ。

出してきたのは義村だった。三浦氏が代々拠点とする土地なので、地元の人馬往来のために便宜を図って欲しいというのだった。

「いかが思われますか」

実朝への上申の前に、義時は広元の意見をまず求めた。別当は退いているが、それでも議事には今も加わってもらっている。

「あの橋か……」

傍らでは善信が渋面を作って斜め上を仰いでいた。

あの橋。

頼朝が落馬した橋。

普請をした重成は、義時の策略によって殺された。実際に手を下したのは、義村の配下の者である。

今月の三日に、実朝が伊豆と箱根の二所の権現へ参詣するため、苦労してこの街道を通り、橋の惨状を目の当たりにしたばかりなので、義村としては良い時機と思ったに違いない。

地元の民から信望を得て、己の利益にしたい義村の気持ちは分かるが、この橋にまつわる因縁を、払い除《の》けることができるだろうか。

迷いは広元も善信も同じだったようだ。

実は昨年の暮れ、「来る年は、将軍さまには太一星定分《たいいつせいじょうぶん》の厄年に当たるのでお慎みを」と、阿波局が告げてきた。北天を通行する太一星は戦乱や天災など、多くの人の生死を司る天帝の星で、実朝は今年、その星からの災厄に気をつけねばならないという。

また阿波局の戯言――そう思った義時は、広元に相談し、京のしかるべき陰陽師へ密書を出して、実朝だけでなく、父の頼朝、母の政子の生年月日などを含めて伝え、事の真偽を確かめてもらった。

結果、阿波局の言は間違っていないらしい。

そんな歳回りにあの橋に手を入れるというのは――太一星の件は実朝の身に関わる重大事ということで厳重に秘され、ごく限られた者しか知らないことなので、事情を知らぬ義村を責めるわけにもいかないが、義時や広元は困惑していた。

「今早急にせずともよろしいかと思います」

簾の向こうに陣取った将軍にこう上申すると、実朝はこともなげに言った。

「父上が亡くなられたのは、すでに世を固められてからのこと。重成は、己の身から出た罪であろう。いずれも、橋の普請とはかかわりあるまい。修理をせよ」

「されど……」

広元がもう一言言おうとするのを、実朝は遮った。

「来し方の因縁に囚《とら》われていては新しいことはできぬ。橋は修理せよ。それから」

いつの間にか、実朝が手に何か箱を持っている。

「来月から毎月三度、蹴鞠を行う。供奉せんと思う者は申し出よと、広く伝えよ」

実朝が箱を開け、鞠を手にした。鹿革の微かな臭いが、義時の鼻腔《びこう》に届いた。

「では、これまで」

これを機に、実朝が義時や広元からの上申とは異なる裁許を出す機会がじわりと増えた。

義時としては、戸惑いつつも、二十一歳になった甥の様子を見守るしかなかったが、この年の夏、情けなくも頭の痛いことが起きた。

「将軍さまより、早急に出仕をとのご命令でございます」

五月六日の早朝、御所からの遣いがそう伝えるとそそくさと戻っていった。

――ずいぶん切り口上だな。

何か機嫌を損ねただろうか――そう思って出かけて行くと、簾の前で、後ろ手に縛られている男がいる。

――朝時ではないか。

驚いて小走りに進み出ると、簾の隙間から何か塊が飛び出し、朝時の顔にぱしりと当たって、床の上にぽとんと落ちた。

軽そうな塊で、当たっても痛くないように見えたが、朝時は顔を歪《ゆが》め、目に涙を浮かべて下を向いてしまった。

「相州。それを拾え」

軽い塊は、紙をくしゃくしゃに丸めたものだった。広げてみると、「切にお慕い申し上げ候」などとある。

――艶書？

「これは……」

「せめて歌になりとなっていれば、いくらか容赦してやろうものを。歌も詠めぬくせに、京の女子に懸想するとは、身の程知らずもいい加減にせよ」

実朝の鼻から、小さくふんと息が漏れたのが耳に届いた。

それから明らかにされたのは、朝時がこのところ、御台所信子に仕える女房にしつこく言い寄っていたこと、何度も艶書を渡したものの拒絶されていたこと、昨夜、あろうことかその女房の局に押し入ろうとして、警護の者に取り押さえられたこと――などであった。

――なんと情けない。

義時はめまいがするようだった。

艶書はともかく、局に押し入ろうとしたのは言語道断だ。経緯はどうあれ、御台所の御所に侵入、狼藉を働いたことになる。公に処分ということになれば、鎌倉中に醜聞が響き渡るだろう。

しかも悪いことに、この女房の父は、佐渡《さど》守藤原親康《ちかやす》だという。地元の武家の娘でなく、京の公家、しかも国司をつとめるほどの者の子女にかような無礼を働いたとなれば、信子もさぞ立腹しているだろう。わざわざ朝時の身柄を実朝に引き渡したのは、怒りの大きさの表れなのかもしれぬ。

信子の父坊門信清はもと内大臣で、上皇の叔父だ。朝廷と鎌倉とをつなぐ人である。

義時は息子の浅はかさをその場で罵倒してやりたく思ったが、ぐっと堪え、まず実朝に詫《わ》びた。

「申し訳ありませぬ。即刻、この者は北条から義絶し、鎌倉からも退去させます。何卒《なにとぞ》、ご内聞に」

もはやそう言う他に、どんな術があったろうか。

翌朝は薄曇りだった。

夜明けとともに、朝時は駿河国に向けて、鎌倉を離れていった。富士の麓にある、北条とゆかりのある小さな寺で、謹慎の日を送るためである。理由が理由なので、馬には乗らず、徒歩で行くように指図をした。

「月に一度は必ず、書状をよこせ。間違っても、私に知らせずに他所へ移ろうなどと思わぬように」

事と次第によっては、謀反を疑われることにもなりかねない。義時は厳しく言い聞かせつつも、「お許しの出そうな折があれば知らせるから」と言い添えた。

——なぜかようなことを。

遠ざかっていく背中を見ながら、義時はため息を吐いた。

実朝の前から共に下がってきて、何度かそれを尋ねてみたが、朝時はただただ黙りこむばかりで、まともな返答は得られなかった。

——恋か。

義時にも覚えがある。

幾度も幾度も、姫の前に艶書を渡した。姿をちらりと見るだけで、心が躍った。

遠い日のことだ。

——しかし、御所へ夜、忍び込むとは。

あまりにも無茶すぎる。

——好色で身を滅ぼすとは、誰の血か。

頼朝が落馬したことは伏せられているため、中には「実は密かに、公にできぬ女の所へ通っていて、それがもとで死んだのではないか」との噂が、死後十三年を経た今でも、まことしやかに囁《ささや》かれることがある。

——あの時の殿は、五十三か。

そろそろ自分も、その齢《よわい》にさしかかっている。

北条の統領になる。その志は果たした。

では今、自分が心楽しいかというと――。

ぽつり。

朝日を隠す薄雲の空が、泣き出すように滴を落とし始めた。

3、合戦

実朝の「太一星定分の厄年」は幸い、さしたる大事もなく過ぎつつあった。

ただ、春に出された「蹴鞠」の定例化に始まった、御所を包む空気を公家風にしようという実朝の意志は、義時にとってはあまり好ましく感じられない。

和歌への熱意は相変わらず、さらに十一月には御所を挙げて絵合《えあわせ》なる催しが行われた。三ヶ月も前にこの沙汰があり、京から絵を取り寄せたり、絵師を雇い入れて描かせたりと、鎌倉はにわかな絵画熱に湧いた。

当日、御所中に並べられた絵のうち、実朝は、「玉造小町子壮衰書《たまつくりこまちしそうすいしょ》」と、「四大師伝《しだいしでん》」の二つを特に気に入ったようだ。

――何が良いのかな、あれの。

「玉造小町子壮衰書」は、絶世の美女と言われた小野小町と思しき女が野垂れ死に、その死体が朽ち果てて骨になり、埋もれていくまでを描いている。

一方、「四大師伝」は、伝教大師《でんぎょうだいし》（最澄《さいちょう》）、弘法大師《こうぼうだいし》（空海《くうかい》）、慈覚大師《じかくだいし》（円仁《えんにん》）、智証大師《ちしょうだいし》（円珍《えんちん》）、それぞれの生涯を描いたものだ。

正直、義時にはそれらの絵の良さは理解できない。

女が腐っていく様、坊主の発心修行と悟り。

坊主の方はそれでもまだ「ありがたい」のかもしれないが、女の死体の腐る様なぞ見たくもない。

何より、かような絵を見て悦に入っている実朝が、義時にはどうにも気に入らない。

——こういうのが、公家趣味なのだろうか。

とはいえ、実朝が朝廷や公家たちとの交流を密にしているのは無意味ではないようで、年末には従二位の叙位があった。頼朝が平氏を滅亡させた年に与えられた位である。

——頼朝さまも、朝廷は大事にしていらした。

武力では絶対に侵せぬ存在。鎌倉方で、武士がこうして自分たちの権利を主張できるようになったのも、頼朝が朝廷との関係に心を配ってきたおかげである。

とは、十分理解しているつもりだが。

わだかまりを抱えたまま、翌年の春になった。

年頭の垸飯の儀は四日にわたって行われ、役は一日が広元、二日が義時、三日が時房、四日が和田義盛だった。

——次は双紙合《そうしあわせ》に、歌の会か。

一月と二月の「催し」の沙汰に、義時はげんなりしそうだった。加えて、「学問所番」なる新たな職が設けられ、芸能に優れた者を選出して、常に伺候させるという制度が作られた。

幸い、泰時は歌を学んでいる。任せておけば良かろうと思いつつ、自分がかつて選出された、頼朝の「御側祗候衆」が、武勇に優れた者の集まりであったことを思うと、世の移り変わりを感じずにはいられない。

……どんどんどん、どんどんどんどんどん……。

建暦三（一二一三）年二月十五日早朝。

——なんだ、朝早くから表が騒がしいな。

春爛漫《はるらんまん》の風情にはまったく似合わぬ慌ただしい気配に目を覚ますと、取り次ぎの者が「千葉どのが目通りを願っています。火急の御用向きだとか」と言う。

「すぐ会おう。通しておけ」

千葉成胤《なりたね》が今頃、何用だろう。

身支度を調えて座敷に出向くと、畏まった成胤が、「あの者をどうかお取り調べください」と庭を指差した。

僧侶が一人、縛られて転がっていた。

「安念《あんねん》と申す、信濃の僧です。天下を揺るがす大事を抱えて参りましたので、生け捕りました」

成胤によると、安念は泉親衡《いずみちかひら》の郎党、青栗七郎《あおぐりしちろう》の弟で、謀反の同心を求めに鎌倉へ現れたという。

「泉親衡のところには、先の将軍さまの御子がおいでになるそうです。親衡は、相州さまを殺害し、その御子を次の将軍に立てるべく、二年前からいくさ支度にかかっているとか」

――私を、殺害？

頼家の子の擁立。そのためには実朝ではなく、義時を殺すべきだと、謀反を企む者たちは考えるに至ったというのか。

さような画策が二年も前から、信濃で進んでいたとは。

「行親！」

義時は現在自分の郎党のうちでもっとも腕の立つ金窪《かなくぼ》行親――金窪の姓は、長年の働きを賞して、義時が名乗りを許したものである――を召した。

「私はこれから御所へ参る。そなたはこの者を引き立てて、供をせよ」

義時のにわかな言上に、実朝は半信半疑の様子だったが、その後、侍所で取り調べが行われると、次第に親衡の企ての全貌が明らかになった。

安念ははじめ、なかなか口を割ろうとしなかったらしい。が、取り調べにあたった検断奉行、二階堂行村《ゆきむら》の諄々《じゅんじゅん》とした説得と、打って変わって、厳しい行親――行村の副官として立ち会うよう、義時が指図を出していた――の拷問によって、最後には謀反の同心者の名を洗いざらい、吐き出させられた。

後ろ手に縛り、腰に付けた縄を木にかけ、つま先がぎりぎり、地面に届くか浮くかのあたりでつるし上げるという行親の拷問でさんざん責められたのち、ようやく地面に臥しているところを、穏やかな行村が「今のうちにすべてを話したらどうだ。将軍さまも、相州さまも、決して無慈悲なお方ではないぞ」と説く――そんな一日がかりの取り調べを経て明らかになったのは、総勢三百三十人を越える、大勢の謀反人の存在だった。

「即刻、全員捕らえて鎌倉へ引き立てよ！」

さすがの実朝もいつになくこめかみに青筋を浮かべて怒り、名の上がった者たちが次々と捕らえられ、鎌倉に続々と送り込まれた。

――こんな大勢から……。

背筋にぞっと冷たいものが走った。

侍所の牢《ろう》に溢れんばかりに詰め込まれた謀反人たち。その姿を遠くから見た義時は、胃の腑を直接、鬼か何かにわしづかみにされるような恐怖を覚えた。

——私の命を。

親衡は、実朝を殺すとは一言も言っていない。謀反の殺意が向けられたのは、この自分なのだ。事の重大さに心が押しつぶされそうになる。

——冗談じゃない。

かほどに強大な殺意を向けられるような悪事を働いた覚えはない。ただひたすら、鎌倉のために働いてきただけではないか。

と、胸の内で呟きつつ、ふと父の面影がまぶたをかすめた。

北条の統領。将軍家第一の補佐。

この地位そのものが、常にこうした危うさと隣り合わせにある。ならば、その危機に打ち勝たねばならない。

——許さぬ。

脅かすものは、許さぬ。決して。

口中でそう呟いた途端、強い光の輪がまぶたを燃やすように立ち上り、それまで浮かんでいた父の面影が粉々に砕かれ、消し飛んだ。

しばらく忘れていた、強い何かが総身に宿った気がして、義時は牢に入れられている者たちの名が書き連ねられた書状をひたすらめくった。

——許さぬぞ。

大勢の名のうち、ある三人の名が義時の目を引いた。

和田義直《よしなお》、義重《よししげ》、胤長《たねなが》。

和田義盛の息子二人と、甥である。

とりわけ、甥の胤長は、謀反の首謀者に近いとされる一人であることが分かっていた。

——義盛はあれほど、将軍さまに大事にされているというのに。

上総介任官こそ叶わなかったが、実朝が義盛を「父以来の古参の者」と重用していることは、誰の目にも明らかだ。

義盛の名はこの中にはなく、それどころかこのところ鎌倉を留守にし、上総にいた。

しかし、かえってその動きが、義時には不審に思える。上総でいくさ支度でも調えていたのではないのか。

——義盛も、私の命を狙っているのだとしたら。

先例を破って、国司を望むくらいだ。北条に肩を並べよう、取って代わろうと企んでいても不思議ではない。

——そう疑いをかけてしまえば良い。

疑わしいと、多くの世の人々が思えば、事は起きる。

捕らえられた大勢への処分が検討される騒然とした空気の中、京から叙位を伝える使者が来た。

「源実朝は正二位。北条義時は正五位下……」

このところ京で進んでいた、内裏の普請に多くの便宜を図った功績を認められての、臨時の叙位だという。義時は位が一刻み進み、相模守についても、引き続いての在任が認められた。

――義盛は、いっそう悔しがるだろう。

義時の方は、北条はそもそも他の一族とは将軍家とのかかわりからして違うと考えている。それはやはり、今も厳然と睨みを利かせる、尼御台所政子の存在によるところが大きい。

しかし、頼朝の古参で、しかも侍所別当を長くつとめてきた義盛は違うのかもしれない。なぜ北条ばかり――そう恨まれているのだとしたら。

相手はもう少しで七十歳に手が届く。そろそろ隠居と思うのは周囲だけで、本人は、「もう一花、せめてもう一刻み、己の意を通したい」と、かえって欲が出るのだろうか。父の時政がそうだったように。

その義盛は三月八日になって鎌倉に姿を現し、実朝への対面を許された。直後、実朝から「息子二人は父に免じて許してやれ」との沙汰があって、義時は大いに不快に思った。

「いかが思われます。我らに諮ることもなく赦免とは」

義時の問いに、広元は眉を顰めた。

「さて、困りましたな。それでも、これで済めばまあ……。将軍さまは、義盛に亡き父上の影を求めておいでのようなところがおありなのが、いささか気がかりですが」

――殿はかような人ではなかった。

もっと慎重で、冷酷になれる人だった。今、義時がそうしているように。

実朝にそう言ってやりたく思いながら、義盛の出方を見ていると、翌日、一族の者を九十八名も引き連れて、御所の庭にずらりと並び、今度は「胤長の赦免を」とさらなる嘆願をしてきた。

「昨日息子たちが許されたので、味を占めたようですな。これでは侍所の秩序が乱れてしまいます」

和田一族の声に応じるように、すでに流罪と決した胤長をもう一度簾前の庭に召すなど、実朝は赦免も認めてしまいそうな様子だったが、さすがに広元が見咎め、厳しく進言に出た。

「将軍さま。さすがに胤長はいけませぬ。首謀者に近いのですから。それに一度決した処分を、確たる事実もないのに、情だけで覆せば、それが悪しき先例になってしまいます」

広元がさらに言葉を尽くすのを、義時はただ黙って聞いていた。

「そうか……。やむを得ぬ。押し込めておけ」

実朝はため息交じりにそう言うと、「もうかようなものは見たくない」とでも言いたげな様子で退座した。

その姿が回廊の向こうに消えたのを見計らい、義時は渡殿《わたどの》の向こうにいる行親の方を見た。脇にはもう一人、同じく郎党の安東忠家《あんどうただいえ》も控えている。

こたびの謀反人探索で、胤長を最初に見つけて捕縛し、引き立ててきたのは、今や行親に次ぐ働きを見せるこの忠家であった。

二人はそれぞれ黙ってうなずくと、庭に控えていた胤長を、あえてわざわざ居並ぶ和田の者たちに見せつけるように、南庭を横切って歩かせ、牢へと向かわせた。本来なら、回廊を回れば済むのだが、これは義時の指図だった。

「ひどい」

「なにもあのような姿を晒さずとも」

胤長はきつく後ろ手に縛られ、腰にも縄が結ばれており、行親と忠家が二人がかりでそれを握っている。どうしても前屈みになる上、二人が気まぐれに縄を引き締めたり緩めたりするので、その姿はよろよろとし、ひどく哀れだった。

「おう、おうおう……」

堪えきれなくなったのか、義盛が嗚咽《おえつ》を漏らし始めた。

武勇の者ではあるが、感情の激しやすい、時に後先の見極めの足りぬ人でもある。

昔はそれを好ましく思い、また息子たちの何人かとは、頼家の供として物見遊山に同行し、船遊びや相撲に興じたこともある。

今となっては、遠い来し方だ。

義盛の嗚咽に呼応するように、他の者たちのざわめきが大きくなったのを見て取って、義時はあえてゆったりした声で言い放った。

「ご一同、御所から下がられよ。居座るのは僭越《せんえつ》である」

——さあ、恨め。怒れ。

滅亡への道案内をしてやる——そう心底で呟きながら、義時は御所をあとにした。

それから八日後の三月十七日、胤長は配流先の陸奥へと引き立てられていった。

胤長の幼い娘がほどなく病で亡くなったこともあり、和田一族の者たちは、「あまりにひどい。もう御所への出仕はせぬ」と引きこもってしまった。誰言うともなく「いくさ支度をしているのではないか」との噂も聞こえてくる。

——さて、次の手だ。

罪人として鎌倉を追放された者の屋敷は、一族の者に引き継がれるのが頼朝の頃からのならいだ。胤長がいなくなった屋敷には、当然のように義盛が指図して、自分の郎党を代官として入らせた。ゆくゆくはしかるべき者たちに分け与えるつもりらしい。

「行親、忠家。手はずどおりにいたせ」

「御意……。されど、本当によろしいので」

「構わぬ。尼御台所さまからお許しを得てある。将軍さまには尼御台所さまからお伝えいただく」

義時は、二人を胤長の屋敷へ行かせると、次のように口上を述べさせた。

「こちらの屋敷は相州さまがご拝領なされている。我ら二人は、先の謀反人探索における働きを認められ、相州さまより、こちらへ住まう権利を与えられた。現在ここにいる者は不当であるから、即刻出て行くように」

義盛の代官はあまりのことに驚いたらしいが、どうすることもできずに出て行った。

――さあ、どう出る。

いよいよ和田義盛が兵を挙げるに違いない――滞在していた公家の中には、早々に逃げ出す者も出始めて、鎌倉はいよいよ騒然としてきた。

「相州。なんとかならぬのか」

「さあ。こちらは何も不当なことはしておりません。胤長の処分は先例どおり、屋敷についてはは尼御台所さまのご意向どおりにしたまで。それをあちらが勝手に逆恨みしているることですので」

実朝の御前に出仕した義時は、そう突っぱねた。

――よく考えるが良い。

どちらが、将軍家にとって必要な人間か。

その後、実朝は義盛の屋敷に使者を遣わして、「いくさ支度をしているというのは本当か」と問いただした。

将軍さまには何の恨みもありまぬ。ただ、相州の仕打ちがあまりにも傍若無人なので、若い者たちが「真意を質したい」と用意しており、某にはもはやその動きを止めることはできませぬ――幾度かのやりとりの後、義盛が最後に伝えたという口上は、かようなものだった。

――いくさになると認めたようなものだ。

思わず、口元に冷笑が浮かぶ。

既に、北条方のいくさ支度は密かに、しかし十分に進んでいた。

万が一を考え、駿河にいる朝時も呼び返した。和田の者に知恵者がいれば、朝時はむしろ謀反に巻き込まれかねない立場にある。

むしろ、これを、将軍さまに帰参の叶う好機とするように――義時は、戻ってきた朝時にこんこんと言いきかせた。

――気がかりなのは、義村だ。

主な御家人には、こちらに加勢するよう密かに書状を送り、ほぼ返答も得ていたが、義村からの返答が今のところない。

──まさかと思うが。

和田氏はもともと三浦氏の支流であるだけでなく、義村と義盛とは祖父を同じうする縁戚関係にある。

五月になった。

未《いま》だ、義村からの同心を伝えるものは何も得られぬまま、義時は和田方の動きに神経を尖《とが》らせていた。

実朝の身柄を奪い、義時の屋敷を攻める──おそらく最初の動きはこうだろう。実朝がいれば、将軍の名のもとに、御家人すべてに命令ができる。

見方を変えれば、もしここで実朝が、鎌倉における北条氏や義時の重要性ではなく、人としての義盛への情けに重きを置く行動に出れば、状況は一変することになる。

──危険すぎる賭けだったかもしれぬ。

義盛を挑発し、向こうからいくさを仕掛けてくるように仕向け、謀反人として誅殺する。

己の描く筋書きには、頼朝のような確実性が乏しいと今更ながら実感して、義時はいささか暗澹《あんたん》たる気持ちになった。

——ずっと将軍さまの側についているわけにもいかぬし。

義時は改めて、和田方から命を狙われているのが、主君である実朝ではなく、自分であることの意味を痛感していた。

——それでも、もはや、やるしかない。

問題は、向こうがいつ動くかだ。

それさえ分かれば——。

五月二日。

政所でのつとめを終えた義時は、午後、自分の屋敷に戻った。政務はおおよそいつも、早朝から昼過ぎまでである。

——今日も何事もなかったな。

兵を挙げてくるとすれば夜明け方だろうと考え、このところ必ず、暁前には目が覚める習慣になっている。

屋敷内の弓場では、泰時と朝時が競うように矢を的に射かけている。

「申し上げます。ただ今三浦さまが……」

下男の言葉を遮って、義村本人が大股で弓場へと入ってきた。

「非常の折ゆえ、無作法はお許し願いたい。ただ今、和田義盛が挙兵の命令を出した。一軍は御所へ、もう一軍がこちらへ向かっている」

義村は一息にそこまで言うと、一歩さらに義時に向かってぐいと歩を進めて、にやりと笑った。

「尼御台所さま、御台所さまには、北門からお逃げいただいた。ご両所とも鶴岡八幡宮へ避難なさった。それから、将軍さまは今、法華堂においでになる。そなたもすぐあちらへ」

義時はあっけにとられていたが、ようやく事情が飲み込めた。

――敵を欺くにはまず味方から、か。

義村は、和田方の動きを正しく早く掴むため、あえて義時にこれまで何も言ってよこさなかったのだ。

「和田の兵が向かってきます！」

「なんとしても防ぎ止めよ。我らはすぐに将軍さまのもとへ」

義時はすぐに息子たちを同道して、御所の北にある法華堂へ向かった。

「ご無事で何よりです」

実朝は顔色こそ青ざめていたものの、態度は毅然としており、「遅い」と言い放った。

「広元が迎えに来てくれたのだ。もう少し遅かったら、どうなっていたか」

「申し訳ありませぬ」

広元の屋敷は御所の南門の脇にある。

「こちらには八田知重《ともしげ》が知らせてくれました。危ないところでしたよ」

義村の話では、義村と弟の胤義《たねよし》とは、義盛に同心するふりをして、西門と北門を占拠すると約束したという。

——ありがたい。

ほっとしていると、広元が「では相州どの、ここは頼みましたぞ」と言ってその場を抜け出していった。

——どこへ行くつもりだ。

不審に思う暇もなく、実朝から厳しい声が飛んだ。

「相州。和田の一党をすべて討ち取れ」

「御意」

実朝がここにいることが伝わったらしく、御家人たちが続々と集まっている。

義時は、義村たちと相談の上、それぞれの持ち場を定め、兵を赴かせたが、ひとつここで、難題が持ち上がった。

このところ出仕していないとはいえ、義盛は侍所別当の地位にある。鎌倉に集まっている御家人に命令を出せる立場だ。

義盛ではなくこちらに従え。それが将軍の意志である——このことを間違いなく伝える必要があった。

書状が要る、しかも数多の――そう思っていると、広元の遣いと名乗る、見覚えのある官吏が何人も、大きな包みを抱えて姿を見せた。

「御家人たちへの命令書です。将軍さまの判と相州さまの署名さえあれば、すぐにでも発給できるようになっています」

聞けば、広元は和田の兵が溢れる往来を平然とかいくぐり、政所へ向かうと、即座にこれらの書状の作成にとりかかったという。

――やはりあの人には敵わぬ。

三浦義村、およびその弟胤義の見事な働き――裏切り――と、広元の尋常ならざる冷静さのおかげで、義時は北条氏のみならず、すべての御家人を配下において、和田方に応戦することができた。

和田に味方する一族もあり、戦いは翌日の三日まで続いたが、夕刻には義盛もその息子たちもみな、討ち取られた。

義盛の息子たちのうちでただ一人、とりわけ剛の者として知られた朝比奈義秀《あさひなよしひで》だけは、次々に襲いかかる者たちをなぎ倒し、蹴散らし、最後には郎党五百騎を連れ、船六艘を操って、安房《あわ》を目指して落ち延びていった。

他にも、この合戦の後、消息の知れなくなった者は数多い。

二十年、いや、ほんの十年前ならば、鎌倉にこの人ありと知られた武士たちが、逆臣としてこの世から消えた。

五月四日、片瀬川《かたせ》の辺《ほとり》に、二百三十四もの首が晒された。

翌五日、北条義時は政所別当と侍所別当の二職を兼務することになり、鎌倉将軍家に仕えるすべての御家人、官吏の、最上位に君臨することとなった。

五　実朝

1、唐船

建暦三（一二一三）年五月十五日。

残党狩り、恩賞の検証……。

和田義盛との合戦の余波はまだ続いていた。

ただ、義時がもっとも気に掛けていたのは、この騒動の発端となった、頼家の遺児、千手丸の存在だった。実は首謀者の泉親衡が未だに見つかっておらず、千手丸は親衡に同行しているものと思われた。

――あれがいては。

残党が再び集結する拠点ができてしまう。

義時は行親と忠家に「草の根を分け、石を穿《うが》ってでも探し出せ」と命じた。

「申し上げます。若君と思しき稚児を、差し出してきた僧侶がおりまして、現在取り調べております」

野庭《のば》村の者だという。義盛の拠点だった、関城《せき》があるあたりだ。

義時はその僧侶を直々に、自室の庭へと引き出した。

僧侶は、もともと親衡に仕える武士であったが、謀反の一件より前に出家し、その後は僧侶として懇意にしていたと言い、逃げて行く親衡から、稚児を富裕そうな農家へ養子にやってくれるよう、砂金一包みと共に預かったこと、引き受けたものの、思い直して番所へやってきたことなどをぺらぺらとしゃべった。

――褒美目当てか。図々しい。

砂金よりも多い褒美、うまくすれば所領にでもありつけると思って、やってきたのか。連れてこられた稚児が本当に千手丸かどうかは、政子の判断を仰ぐしかないだろう。ただ、この僧侶をどうするかは、今、義時の手の中にある。

耳の底で、頼朝の声が聞こえた気がした。

「行親。この者の首を刎ねよ」

僧侶が驚いて逃げだそうとするのを、行親が慌てて押さえつける。

「そなた、八虐の罪というのを知っているか」

八虐の罪。古代の律令に定められる、謀反、謀大逆、謀叛、悪逆、不道、大不敬、不孝、不義のことだ。

「今の鎌倉方の力を以てすれば、そなたの自訴などに頼らずとも、親衡や千手丸の行方を探すのはたやすいことだ。父祖代々の恩を忘れて、主人筋から託された願いを空しくするとは、その八虐の罪にあたる、不届き千万の不忠者であって、度しがたい。後々の戒めのためにも、身の暇を与える」

奥州攻めの折、藤原泰衡の首を持参した者に対して、頼朝が下した裁きを、そのままなぞった処分だった。

裏切り者は許さない。

今自分に仕えている者たちに、そう強く示しておく良い機会だと、義時はとっさに判断したのだ。

稚児の身柄を政子に預け、すっかり誰もが寝静まっていた頃、みし、みしと屋敷に異音がして、目が覚めた。

——地震か。

身体にはっきりと伝わるほどの揺れが、少し間を置いて二度あった。大きな被害が出そうなら、すぐに御所へ駆けつけなければならない。

——おさまったか。

何かが崩れたりするような気配はなく、その夜はそのまま明けた。

しかし、それから六日後の、今度は夏の日が高々と照らす頃——。

政所で座していた義時は、床がどんと突き上げてくる衝撃で、思わず手をひどく文机にぶつけた。

ばりばり、みしみし……。

異音は御所の殿舎のそこここから聞こえていた。

「ぎゃあぁぁぁ」

女房の悲鳴とともに、渡殿がめりめりと音を立てて横倒しになるのが見えた。

「いかん」

半靴《ほうか》を履く間ももどかしく、大急ぎで御所へ行こうと外へ出ると、あたりの建物の多くが、建物ごと横倒しになったり、屋根が落ちたりしている。

「将軍さま」

実朝は斜めになった簾の内で青い顔をしていた。見ると、簾を支える柄が傾き、先が廊下へと突きだしている。

――建物全体が傾いている。

義時はとりあえず、折り重なっている布をゆっくりと外し、柄をもとの位置へと戻した。

「相州。余は、将軍の地位に就いていていいのだろうか」

天変地異を、上に立つ者の不徳の現れとみなす考えがあることは、義時も知っている。

「何を仰せになります。今はまず、周囲の様子を確かめましょう」

幸い、明るい折であったためか、御所周辺の建物では下敷きになった者たちなどもなんとか助け出されたが、諸方から地割れや崖崩れの知らせがいくつももたらされた。

御所の修繕は早急の課題だ。寺社や橋の普請などの願い出も、これから多くなるだろうと心づもりしていた翌日、「京より、使者が帰参いたしましたので、ぜひ御前へ」と出仕の命令があった。

義盛との合戦がおおよそ勝利と定まった直後、実朝は、在京の御家人たちに向けて書状を送っていた。和田の残党への対応と、京での警固についての留意点を指図した書状だった。

義時と相前後して、広元も姿を見せた。

簾の向こうに実朝がいるのは分かったが、いつまで待っても、何も言葉がない。

――どうしたのだ。

広元も首を傾げている。

「こ、これは、いかがすれば良い」

やっとのことで、簾の内から、震える手が、書状をかさかさと音をさせながらこちらへ押しやってきた。

広元が小さく咳払いをして、その書状を手に取った。

そこには、この五月、京において、いかに鎌倉での騒動についての流言が飛んでいたか、またそのせいで在京の御家人たちがいかに浮き足立っていたかが克明に書かれていた。中でももっとも不都合だったのは、すぐにでも鎌倉へ行こうとする何人かの武士たちに対し、上皇から直接、「京の警固に専念せよ」との命令書が出てしまったという点だった。

「まずいですな、これは」

広元が眉間に皺を寄せた。

「こちらの体制を問われかねませぬ。この上、万が一、和田の残党が西国や京へ入ったりすれば、わが鎌倉は朝廷から厳しく責めを負わされることになりましょう」

広元はゆっくり座り直すと、簾の方へにじり寄った。

「将軍さま。もしや、上皇より直々にお文が届いているのではありませぬか」

上皇からの親書——であれば義時や広元は見ることはできぬが、その返答に実朝が苦慮しているのであれば、なんとか助言をしてやりたいところではある。

「そ、そなたは、天地《あめつち》を割るつもりか、と……」

簾の隙から、実朝が口から泡を吹き出してゆっくりと倒れていくのが見えた。

昨日、鎌倉を大地震が襲ったばかりだ。使者が京を発ったのはもちろんもっと何日も前のことだから、上皇が鎌倉の地震を知るはずもない。

——帝のお血筋というのは。

やはり天地を司る神、我らとは別格のものなのか。

背筋がぞっと凍るようである。

側近の女房が簾の内に入り、実朝の身体を起こし、口の周りを丁寧に拭った。脇息《きょうそく》に身体を預けて、水を口に含み、ようやく正気を取り戻したらしい実朝に、広元が静かに告げた。

「歌をお贈りになってはいかがでしょう」

「う、歌か」

「どんな文章や献上品より、やはりここは歌がよろしいかと」

そういうものか。

義時は黙って聞いていた。

「わ、分かった。なんとか、御心を安んじていただけるよう、詠んでみる」

その後、急ぎ、東重胤らが呼び集められたらしい。

どんな歌を贈ったのか——むろんそれは他見を憚る親書ではあったのだが、義時は後々、重胤からこっそり、三首贈ったという中の一首だけ、伝え聞いた。

　山は裂け海は浅《あ》せなむ世なりとも

　　君にふた心わがあらめやも

確かに、山が裂け、土砂で海が浅くなるような今の世ではございますが、私が上皇さまに対して背くような心を持つことは、絶対に、天地に誓って決してございませぬ——

重胤によれば、「ふた心」などという不穏な言葉は、通常、歌の中に用いないものらしいが、それをあえて用いたところに、実朝の必死の思いが込められているという。

「切実なお言葉選びに、伺候しているこちらの胸まで張り裂けそうでございました」

なるほど、歌というものはそういうものか。

実朝の歌道への傾倒に、以来、義時は一定の尊敬を以て接するようになった。


歌のご加護があったものと見えて、ありがたいことに、その後、朝廷と鎌倉方との関係は比較的穏やかに過ぎた。

政子の計らいで、僧栄西《えいさい》の弟子として出家した千手丸が、師の供をして京へ行った折、和田の残党が狙い澄ましたようにその身をさらい、騒動を起こすなどという、実朝も義時も肝を冷やすような一件もあったが、千手丸は自害し、残党らは在京の御家人たちによって処分された。

また実朝は、和田合戦終結の翌年（一二一四）には、やはり思うところがあったのか、御家人たちが個別に叙位および任官推挙の願い出をするのをやめさせた。家督の者、つまり、その氏族の統領がとりまとめて願い出るようにと改められたのだ。

――よく考えたな。

この制度だと、一族の中で揉めていれば願い出ることはできない。また、実朝の個人的な情に訴えるのも難しくなる。御家人全体の統制を取るには良いやり方だ。二十三歳とまだまだ若い将軍だが、やはり経験は人を育てるらしい。

——あとは跡継ぎだが。

実朝にはまだ、子がない。

御台所に産まれないなら側女を求めれば良いのにと、周りはみな思っているが、まるでその気はないらしい。

できることなら自分の娘を——心密かにそう狙っている御家人は、義時自身をはじめとして大勢いるが、実朝が全くその様子を見せないので、みな互いに牽制し合いつつ、今日に至っている。

建保《けんぽう》四（一二一六）年二月。

この月は、一日に日食、十六日に月食が予告されており、一同、言動を慎むようにと命令が出されていた。

鶴岡八幡宮でも祈禱が行われていた。

義時の妻らもずいぶん厳重に沙汰をして、「日月が欠けていく時の光を屋敷の内へ入れないようにしなければ」と気をつけていたようだったが、結局いずれも、天にその徵《しるし》は現れなかった。

――天の徴は。

「現れるといけないので気をつける。現れなかったら幸運に感謝する。さようなものでしょう」

広元がそう言っていたのが、やはり説得力がある。

しかし、後から思い起こせば、この徴は密かに潜行していたのかもしれぬ。

十九日、朝廷からの命令書が届き、これを善信が取り次いだ。

「東寺《とうじ》から、仏舎利や三国相承の宝物が奪われたそうです。盗んだ者の探索、捕縛と、宝物の奪還に、鎌倉方でも尽力せよとのことです。……ずいぶん罰当たりな者がおりますようで」

善信は目を白黒させていた。

東寺は、正式には教王護国寺《きょうおうごこくじ》といい、今から四百余年も昔、京に都が遷《うつ》された折に、羅城門《らじょうもん》の東に創立された真言宗の寺である。

そんな由緒ある寺なら、常日ごろもっと警固を固めていても良さそうだがと義時は思ったが、実際に釈迦《しゃか》の遺骨や天竺《てんじく》からはるばる渡って来た仏具などが盗まれたというのだから、盗賊の方もよほど巧妙なのだろう。

「東国の御家人たちに広く伝えよ。わずかな手がかりでも破格の褒美を与える」

実朝は善信に命じて、京からの書状の内容を広く関東の御家人たちに伝えさせた。

善信によると、舎利の紛失は、仏法王法の衰退、ひいてはこの世の滅亡につながるのだという。

「仏の教えと帝の威光を、この世に知らしめるためのものですから」

実朝はこの件に異常なほど強い関心を示し、ことあるごとに御家人たちに探索の状況を尋ねたが、三月二十二日になると、京からの使者が再び到着して、「藤原秀康、秀能《ひでとう》の二人の働きにより、東寺に入った盗賊は捕らえられ、舎利と宝物も無事に戻りました」と報告した。

藤原秀康、秀能は兄弟で、共に上皇の近臣らしい。

「そうか、それは何よりであった」

いかにも安堵したといった様子で声を上げた実朝の笑みに、いくらか無念と落胆が交じっているように見えたのは、義時の思い過ごしだったろうか。

この年の六月八日、義時や広元など、頼朝の側近として仕えていた者には、いささか複雑な思いを呼び起こす者が、鎌倉へやってきた。

「陳和卿《ちんなけい》という者が、将軍さまにどうしてもお目にかかりたいと申しておりますが、取り次いで良いものでしょうか」

陳和卿。宋の工人である。

かつて、平重衡の焼き討ちによって東大寺が無惨に損なわれた。のちに後白河上皇がこの再興を志した折、技術者として大仏の鋳造に協力したのがこの人物だ。

東大寺再興は一大事業で、頼朝も上皇の求めに応じて相当力を尽くした。建久六（一一九五）年に営まれた落慶法要には、頼朝も列席しており、上洛には政子や、当時まだ存命だった大姫や頼家も伴われていた。義時もむろん、供奉の一人であった。

大仏を拝した頼朝は、「ぜひこの技術者に会いたい」と和卿を自分の宿所に招こうとした。

ところが、和卿は頼朝との対面を断ってきた。「多くの人命を奪った罪深い人の招きは受けられない」というのだった。

——あのときの殿も見事だった。

尋常の者なら、激怒するところだろう。いや、実は腹の中では激高していたのかもしれぬ。

「それは尊い仰せである。無理もない」

頼朝は、和卿の使者の前でこう言ってぼろぼろ涙をこぼして見せた上、鞍や甲冑《かっちゅう》、さらに馬や金銀を和卿に贈った。

結局和卿とは対面せぬままだったが、頼朝の態度が東大寺再興に関わった人の心を動かしたのは間違いない。

——恥をかかされたのに、それを利用してしまうとは。

ただ、和卿の方もなかなかのくせ者で、鞍はそのまま、甲冑は鋳つぶして釘にしてから寺に寄進し、馬や金銀には手をつけずに返してきた。

美談——のように言われたが、今の義時にはとてもそうは思えない。

のちに聞いたところでは、和卿は東大寺の僧侶たちからはあまり快く思われておらず、訴訟沙汰まで起きていたという。

そんないわくつきの人物が、今になってこの鎌倉に、実朝に何用だろう。

追い返してしまった方が良いのでは——義時の危惧とは裏腹に、実朝は和卿に対面を許し、さらに度々側近く召すようになった。

——ずいぶん親しげにしているようだな。

他の者を同席させず、二人でなにやら密談している折なども見受けられる。

何か企んでいるのではないか——そう疑いながら実朝の様子を見ていた頃、朝廷から実朝へ、臨時の任官の知らせがうち続いた。六月二十日と七月二十一日、わずか三ヶ月足らずの間に、権中納言と左近衛中将の職が与えられたのだ。

「奥州さま。お尋ねがあります」

今年の閏六月一日から、養父の姓である中原を名乗るのを辞めて、実父の大江《おおえ》姓に復することになった広元は、今年の正月、陸奥守に任じられた。位は正四位下で、義時が今年得た従四位下より二刻み上だ。

「もし、仮に、の話ですが」

義時は一呼吸置いてから、改めて尋ねた。

「仮に、今、私が将軍さまの供をして上洛した場合、朝廷からはどのような扱いを受けるのでしょう」

頼朝に供奉した折は、さようなことは考えてもみなかったが、今はぜひ知りたいと思う。

「と、言われると」

広元は訝しげにこちらを見た。

実朝と自分とでどれくらい待遇に格差があるものなのか知りたい——とあけすけには問いかねて言葉を探していると、広元はどうやら真意を察したようだ。

「さようですね、原則で言えば、五位以上の者なら、殿上人と呼ばれて帝に拝謁を許されることもあります。ただ」

広元はいくらか言いよどんだ。

「将軍さまの権中納言は、京官のうちでも中枢の、太政官《だいじょうかん》の職。位も正二位ですから、貴族のうちでも上から十人くらいまでには数えられます。しかも二十五歳という若さでの今の位置ですから、摂関家の若君たちとほぼ同格と受け止められるはずです。一方」

今度は広元の方が言葉を探しているようだ。

「某もそうですが、国司の守で四位、しかも齢が五十歳を越えているとなると、朝廷では残念ながらその他大勢、物の数にも入らぬといったことになるのは否めませぬ」

広元はそう言うと、ふっとため息を吐いた。

「某などは、亡き殿のおかげで、あのまま京にいたら絶対にあり得なかった、大きな力をいただいたものだと、つくづく思います」

頼朝の力。それは分かる。

されど、今はどうなのか。

頼家、実朝と年若い二代の将軍の下、鎌倉将軍家の力を維持してきたのは誰だ。

むろん、自分ひとりが、とは言わないが。

義時は今や、政所、侍所、双方の別当を兼ねる。相談役として別格の広元をのぞけば、誰がどう見ても、将軍の次に位置する権力者である。

にもかかわらず、将軍その人と自分とが、さほどまで格が違うとはどういうことなのか。

義時の顔に浮かんだ不服げな色に気付いたのか、広元が宥めるように言った。

「相州どのの官位について、折を見て、某からそれとなく将軍さまに進言してみましょう。できれば、国司でなく、京官を授かれるよう」

広元との間で、そんなやりとりがあってから、しばらく経った十一月。

十二日に定められていた鶴岡八幡宮の神事は、実朝の権中納言と左近衛中将への任官を神に報告し感謝する「拝賀の儀」と合わせて行われた。

実朝はいっそう、和卿との密談の機会を増やしていたが、ついに、その計画《はかりごと》が披露される時が来た。

「おやめください。無謀すぎます」

「さようなことをすれば、費用も人手もどれだけかかるか分かりませぬ。おやめくださ い」

義時と広元には、他の者たちに明かされる前に実朝から一応、諮問の形が取られ、二人は揃って、即座に強く反対した。

「それに、さような途方もないことを、上皇さまがお許しになるとは思えませぬが」

広元が、実朝が今もっとも、その機嫌を損じることを恐れている人の名を出したので、義時も深くうなずきながら同調した。

「いや、その点は心配には及ばぬ。この目的を知れば、上皇さまはむしろ、お喜びくださるだろう」

唐船を建造して宋へ渡り、寧波《ニンポー》の東方にある阿育王寺《アショカ》に参詣する——これが実朝の計画だった。

――上皇が喜ぶとはどういうことだ。

全身、覇気に満ち満ちた実朝の様子に、義時は戸惑いを隠せない。

「阿育王寺から舎利を分けていただこうというのですか。それはまた」

阿育王寺。舎利、すなわち釈迦の遺骨が安置されているという寺だ。

広元の言葉で、義時はようやく得心したが、だからといってとても賛同できる計画ではない。

「むろん、それだけではない。宋との貿易を将軍家が握るのは、大きな意味がある」

平家が力を得たのは、清盛の父忠盛《ただもり》が宋との貿易に力を入れ、宋の文物を後白河上皇に献上することで取り入ったのがきっかけだったと言われる。

清盛も、大宰府《だざいふ》へ弟の頼盛《よりもり》を送り込んでさらに宋との取引を拡大したり、摂津国福原の大輪田《おおわだ》の港を拡充して大宰府に優るほどの貿易の拠点にするなど、貿易には深くかかわっていた。

平家の滅亡以後も、宋の船は大宰府や大輪田に来航している。鎌倉に宋の文物がもたらされるには、西国から改めて、多くの人の手を経てくるしかない。

「過日のように万一、京にある舎利、宝物が賊に奪われても、鎌倉にもあるとなればすぐに献上できる。帝にも上皇さまにも、ご安心いただけよう」

実朝は目を輝かせている。

――確かに、考えは悪くないが。

義時にも、計画の利点はよく分かった。

されど、遠く外海をはるばると宋まで漕《こ》ぎゆけるような大きな船を、この鎌倉で造ることなど、本当にできるのだろうか。

義時と広元はやはり反対を続けたが、若い御家人たちは、この計画を希望を以て受け止めた者の方が多かったようだ。

十一月二十四日、唐船建造の件はついに始められることになった。

奉行としては、結城朝光が任命されたが、当然、中心になるのは和卿である。実朝は御家人から六十人を選び、「朝光の差配の下、全員で和卿の手足となり、指図を実行に移せ」と命じたのだ。

建保五（一二一七）年。

春が深まるごとに、由比の浜辺にそびえる姿は大きくなっていった。

「素晴らしいですな。将軍さまのご威光は、いよいよ高まりましょうぞ」

「あのような巨船、かの清盛でさえ作れなかったと申します。きっと亡き二位さまもお喜びになるでしょう」

その姿を見た者は、口々に褒めそやし、その船がやがて海の上で威容を誇ることを信じて疑わなかった。

義時も広元も、自分たちの反対は杞憂《きゆう》に過ぎなかったのだろうかと、思いを新たにしていた。

——ずいぶん、早いな。

唐船建造に、もう少し積極的に賛成しておいた方が良かっただろうか——そう思いつつ、初夏の青い空の下で、義時は完成したという唐船を仰ぎ見た。

「大夫さま。ご検分をお願いします」

和卿が、義時に船へ上がるよう促した。

この年の一月二十八日に義時は「右京権大夫《うきょうごんのだいぶ》」の官職を得た。「京官を」という広元の口添えにより実朝が推挙してくれて、実現したものだ。

——ほう。

完成した船の上からは、これまでに見たこともない景色が広がっている。見慣れた由比ヶ浜だが、かような高さに己の目があるとは、にわかに信じられぬほどだ。

明日、四月十七日は、天候に恵まれれば、御家人が総出で、呼び集められるだけの人足をかき集めた上で、この船の進水の儀を行うことになっている。建造の奉行は朝光だったが、この儀の総差配は義時が命じられた。

鎌倉将軍家を挙げての一大事である。

「船を海へ曳《ひ》く刻限はいつが良いか」

義時の問いに、和卿は「午《うま》の刻（正午頃）が良いでしょう。潮に乗れるはずです」と言った。

「分かった。ではそのように」

翌日は幸い、雲一つない晴天となった。

頭上には高々と陽が差し昇っている。

義時は、人足たちの先頭にいる、二階堂行光に向かって大きく旗を振った。傍らでは実朝が目を輝かせている。

「刻限である。引けい！」

行光の号令で、人足たちが船に掛けられた綱をぐっと引いた。

「もっと引けい！」

船は砂の上へと乗りだした。

「引けい！」

ずる、ずる、ずる……。

人足たちの肩に背中に、汗の玉が光る。

「引けい！」

義時の額にも汗が浮いていた。

周りを固めていた者たちがひたすら、団扇《うちわ》で実朝を煽《あお》ぐ。

「引けい！」

どれほど経ったろうか。

斜めになり、赤味を帯びてきた日差しが唐船を炙《あぶ》るごとくに照らしていたが、その巨体が水の上に浮かぶことはなかった。

ずる、ずる、ずる、ずる……。

船の姿はかなり遠くなっているものの、人足たちはまだ綱を引いている。次第にみな、身を水に浮かべはじめたが、それでも船の方はいっこうに浮く気配を見せない。

——これは……。だめだな。

どうするのだ、と和卿の方を見やると、その姿は消えていた。

——不届き者め！

なんということだ。

「将軍さま！」

実朝は暑さでぐったりしてしまっていた。

義時は「還御である」と叫んだ。両脇から抱えられながら、実朝がやっとのことで車に乗り込み、御所へと向かう。

「行光に、曳航《えいこう》をやめるよう伝えて参れ」

唐船建造は失敗に終わった。

義時は和卿を捕らえようと探索を命じたが、行親や忠家ら、手練《てだ》れの者たちを以てしても、この希代の不届き者の行方を探すことはできなかった。

浮かぶことのできぬ巨体は、遠浅の由比ヶ浜で、その後長らく海水にあざ笑われるごとくに嬲《なぶ》られ、朽ち果て行く無惨な姿を晒すこととなった。

2、跡継ぎ

建保五年初冬――。

「しばらくお待ちを」

義時は、政子の御所を訪れていた。

――これ以上放ってはおけぬ。

唐船の進水失敗は、御家人たちの目をある一方向へと向けさせることになった。

次の将軍は誰なのか――である。

実朝は二十六歳、まだまだその在位は続くであろうから、次は当分先なのだが、問題は相変わらず、実朝に一人も子がないことだった。

鎌倉全体が、唐船建造の熱に浮かされたようになっていた頃は、誰もがみなそのことを一時、話題にしなくなっていたのだが、深まり行く秋とともに崩れゆく巨船の影に、どこか将軍家の行く末を重ねて、「早く跡継ぎを決めよ」「なぜ側女を取らない」「実子がないならどうするか決めるべきだ」などと、実朝の現状に疑問を呈する声が大きくなっていた。

——結局、公暁《こうぎよう》は法体のままか。

今年の六月、政子は頼家の遺児で、近江国三井寺《みいでら》——正しくは園城寺《おんじようじ》というらしいが、たいていの者はこう呼んでいる——で修行中だった公暁を鎌倉へ呼び寄せた。

「欠員となっている鶴岡八幡宮別当に着任させる」——政子はそう言っていたが、「実は還俗《げんぞく》させて次の将軍として養育するつもりなのでは」という噂がもっぱらだった。

頼家と実朝とのこれまでのいきさつを思えば、良策とは思えぬものの、現状を思えばやむを得ぬというのが、義時の思いだった。

幸い、公暁の母は、三河国足助《あすけ》に本拠を置く加茂重長《かもしげなが》の娘で、若狭局——比企能員の娘——ではない。

加茂氏は源氏に連なる一族でもあり、本来なら義時が手に掛けた一幡より、はるかに格上の扱いをされるべきだったのだが、重長が早くに亡くなっていたせいで、頼家の跡継ぎから外されていたといういきさつがある。

兄や父の哀しい因縁をできるだけ忘れて育つように——祖母の政子は切にそう願い、比企氏が滅び、頼家が鎌倉を追われた後、公暁を実朝の猶子とするとともに、三浦義村にその養育を託した。義時との関係が良好な義村であれば、公暁の耳に余計な風聞を入れるようなことはあるまいと判断したのだ。

しかし、政子も実朝も、公暁を還俗させる様子はないまま、この十月、別当の座に就いた。しかも近々、「千日の参籠」の行を始めるという。

引きこもって人に会わず、最低限の寝食の他は、ただただ神仏に祈る千日——義時には到底想像できない。加えて、別当には本来なら鶴岡八幡宮の諸儀式にも奉仕してもらわねばならないのに、それを拒否するというのも、あまりこの鎌倉にとって良いあり方とは思えない。

「待たせた。すまぬ」

ようやく政子が姿を見せた。

「妾も一度、そなたと内密で話をせねばと思うていたところであった。実は……」

政子が話し始めた内容は、義時の理解を遥かに超えていた。

「そ、そんなことを、将軍さまが……」

「うむ。妾も、はじめに聞いた時は言葉を失った。だが、よくよく考えてみれば、確かにそうするのが一番良策かもしれぬと」

「さりとて、さようなことが叶うでしょうか。いくら将軍さまがこのところ、上皇さまの覚えがめでたいと言っても……」

唐船建造の失敗で、さぞ上皇からも咎められるだろうと覚悟していたらしい実朝だったが、上皇からは取り立ててこの件について触れる言葉はなかったようだ。

「確かに……。しかし、成し遂げるしかなかろうぞ」

政子の顎が力強く動いた。

「さもなくばまた、かつての平賀朝雅のような者を出してしまう。それは避けたい」

平賀朝雅。

実朝を廃そうとした咎で、義時から謀反の断罪を受けた者だ。あの一件で鎌倉を追われた父時政は、二年前にこの世を去った。

「もしかして、阿闍梨《あじゃり》どのの千日参籠は、このことと関わりがあるのですか」

実朝から願でも託されているのだろうか。

「いや、公暁にはこの件、何も伝えておらぬ。事が事ゆえ、この計画を知る者は当分最小限に留めたいと、将軍さまが仰せじゃ」

そういえば、政子が実朝のことを幼名で呼ばなくなったのは、いつからだろう。

「公暁の参籠は、単なる修行のひとつと聞いておる。鶴岡八幡宮の霊験がよりあらたかになるよう、奉仕したいと申しておった。……ともかく」

政子の数珠がぎりっと鳴った。

「なんとしても、将軍さまの意に添うように働きかける。そなたも心しておいてくれ」

唐船建造に次ぐ実朝の大それた計画を知るのは、今のところ、政子、義時、広元および御台所信子のみだ。

――上皇と交渉するとなると。

やはり朝廷の習俗に通じている広元が頼りである。

「申し上げます。奥州さまのもとから遣いが参りました」

十一月九日、広元危篤の報が届き、義時は取るものも取りあえず、見舞いに駆けつけた。

「ご容態は」

「それが……。先ほどから呼びかけてもいっこうにお目をお覚ましになりませぬ」

十一月に入ってから眼病を患い、のみならず体中が浮腫《むく》んで苦しんでいると聞いていた。泰山府君《たいざんぶくん》の祈禱などもさせているが、快復しないらしい。

「奥州どの。奥州どの」

義時が呼びかけたが、広元は浅く息をしながら眠り続けている。

――頼む。奥州どの。

頼朝が打ち立てたこの鎌倉将軍家だが、間違いなく、この人がいなければ、ここまでの確たる体制まで整うことはなかったはずだ。

――もう一段、お力を添えて下され。

実朝のこたびの計画が整えば、いっそう将軍家は盤石になる。大江も北条も、ますます存在感を示せるだろう。京へ行っても必ず、その他大勢の扱いなど許さぬほどの。

病臥《びょうが》の広元の頭に、烏帽子があった。

「見舞いに来る方があれば、もし自分の目が覚めていなくても着けてくれと常々仰せでしたので」

義時のまなざしに気付いたのか、広元の手足を絶え間なく優しくさすり続けている女房がそう呟いた。

――奥州どの。

「公家にとって、人に会う時に頭に冠か烏帽子がないのは、武士の方が袴を着けずに外出するよりも、さらに恥ずべきことなのですよ」――そんなことを広元から教わったことがある。

これ以上の長居は迷惑であろうと思い、早々に退出すると、義時はそっと鶴岡八幡宮へ詣でた。

――殿。

どうか奥州どのを、まだそちらへ召さないでいただきたい。

亡き頼朝への願いが通じたのか、見舞った翌日、広元は辛うじて目を覚ましたが、病平癒を祈るため、出家することになった。

髻を切り、頭を剃《そ》れば、もう烏帽子を着けることはない。

十二月になると広元はようやく半身を起こせるほどに快復したが、その目の光は大方失われてしまった。

「大夫どの」

再び義時が見舞うと、広元は見えない目をこちらにじっと向けてきた。

「こたびの件、やはり、尼御台所さまに京へ行っていただくのが、一番良いと存じます」

政子。

確かに、肝の据わっている点において、この人の右に出る者はあるまい。

「ただし、くれぐれも慎重にとお伝えください。京では、恥をかかされることがもっとも危ない。人の揚げ足を取るような心根を持った者がそこここにおります。それをお忘れなきようにと」

翌年二月四日。

政子がついに京へと旅立つことになった。ただし、表向きは「熊野詣でに行く」とされている。

「五郎には、こたびの真の目的は」

供回りを差配するのは、弟の時房である。まだ従五位下のまま、官職は相模守だが、蹴鞠の技が上皇への接近に役に立つだろうと判断されての人選となった。

「熊野に着いたら話して聞かせる。五郎にもじゅうぶん働いてもらわねば」

祈る思いで送り出して二十日後、京からの使者が鎌倉へやってきた。

——ずいぶん早いが。

しかし、届いたのは政子の件とはとりあえず関わりのない、とはいえ、義時にはめでたい知らせであった。

「上皇さまが、讃岐《さぬき》守をお許しになるそうです」

讃岐守については、泰時が推挙されることが将軍家では内定していて、朝廷からの許しを待っていたところだった。

——これで、時房と並ぶ。

官位では時房に一歩先を行かれていた泰時だが、国司を得れば同列だ。

——京で手柄を挙げられてしまうと難しいが。

蹴鞠でなく歌ならば、泰時もそれなりに学んでいるが、広元によると、上皇に近づける機会は蹴鞠の方が多かろうというので、やむを得ない。

政子の上洛がうまく進んでいそうだと分かってきたのは、三月の十六日のことだった。

「将軍さまが、左近衛大将に任じられました」

京からのこの知らせは、並み居る御家人たちをどよめかせた。

「亡き殿の極官を越えられるとは」

「まだお若いのに」

頼朝が生前に得た最も高い位と職――極官――は、正二位、権大納言兼右近衛大将だった。

実朝は五年前に正二位に昇り、この一月に既に権大納言。こたびもたらされた「左近衛大将」は「右」よりも上席になる。

――上皇の覚えはますますめでたいということか。

他にも、御家人たちの任官がいくつも許されており、御所はめでたい空気に包まれた。

それから一月半が経った四月二十九日、政子の一行が戻ってきた。

「いかがでしたか」

挨拶もそこそこに義時が切り出すと、政子は疲れた顔をしながらも、笑みを見せた。

「うまくいったと思う。おそらく」

「五郎がおりませんが、いかがしました」

「上皇さまの蹴鞠に引き留められておる。上首尾じゃ。それより」

政子の笑みが一段と大きく開いた。

「妾は従三位を賜ったぞ」

「従三位……」

いくら将軍家の尼御台所とはいえ、これまで無位無官だった尼がいきなり従三位とは、ずいぶん破格の扱いである。

「これまでには、帝の祖母か摂政関白の母しか、こんな例はないそうじゃ。加えて」

政子はいっそう誇らしげに胸を反らした。

「上皇さまは、妾に対面したいと仰せになったのじゃ」

「そ、それで、お目にかかったのですか」

「妾もそこまで愚かではない。大江どのの申しようにもあったであろう」

恥をかかされることが最も危ない――上皇に拝謁となれば、おそらく数々のしきたりを踏まえねばならぬのだろう。

「〝片田舎の老尼が天子に拝謁するのはふさわしくありませぬ〟としおらしく申して、早々に帰って参った。時房が苦労していたのを知っておったゆえ」

時房には、信子の従弟《いとこ》にあたる坊門清親《きよちか》がつきっきりで、すべての作法習俗を教え込んでいたという。

「ああ、やはり鎌倉が良い。少しゆっくりさせておくれ」

政子と時房の骨折りは、やがて形になって現れた。

実朝が、十月には権大納言から内大臣に、さらに十二月には右大臣にまで昇ったのだ。

源実朝　正二位、右大臣兼左近衛大将——。

これで、実朝の計画がいよいよ実現する下地が整ったことになる。

建保七（一二一九）年正月。

鎌倉には、京の貴族たちが続々と下向してきた。

「さすが、大臣の拝賀の儀となると違いますな」

「まるで、京がそっくりこっちへ移ってきたようです」

本来ならば、大臣の拝賀の儀は、帝と上皇に拝礼するものだから、上洛して内裏と仙《せん》洞《とう》御所で行われるべきものだ。

ただ、六月に行われた左大将拝賀の折と同様、鶴岡八幡宮への拝礼を、その儀に換えて良いという意向が上皇から示されている。上皇は昨年の暮れ、この儀に実朝及び側近が用いるための装束や牛車などを盛大に鎌倉へ送り届けてくれていた。

拝賀は二十七日の酉《とり》の刻（十八時頃）と定められた。

——厄介だな。

朝は晴れていたのに、夕刻からにわかに降り出した雪は、すでに沓《くつ》が埋もれるほどに積もっている。

さりとて、吉日吉刻を選《よ》りに選っての今宵だ。日延べするわけにはいかない。

――そういえば、あのときは雨だった。

東大寺で、頼朝の供奉の列に着いたのは、もう二十余年も前のことだ。

――殿は今日をいかがご覧になるだろう。

将軍が己の血筋でなくなることを、いくらかは残念にお思いかもしれない。されど、ここまでの体制となった鎌倉を、より権威ある、揺らぎないものにしようという実朝の計画を、頼朝ならきっと認めてくれるだろうと、政子と義時は去年何度も話し合った。

雪を踏み分けての拝賀が始まった。

上宮への参道を進む実朝を見守るべく、左右両脇に、本日供奉の者が列を成す。

本宮に続く石段の下、向かって左の先頭は大納言坊門忠信《ただのぶ》。右は左衛門督《さえもんのかみ》西園寺《さいおんじ》実《さね》氏《うじ》。こたびは、二人をはじめ、公卿と呼ばれる三位以上の者が五人、この列に加わっている。六月の左大将拝賀の時にはなかったことで、今日の儀がいかに華々しくかつ、重大事であるかが分かる。

その後ろには殿上人が十人並ぶ。

義時ら御家人は、さらにその後ろに二十人が供奉することになっていたのだが、六月の時と違って、公卿の参列がある分、全員が揃って居並ぶだけの場所がない。

「人だまりができて見苦しいので、御家人の列は中門のところまで下がれとの仰せです」

やむを得ない。御家人たちは舞殿の後ろへ位置を下げられることになった。

――姿が遠いのは残念だが。

ここからだと、石段を上り下りする実朝の姿はかなり遠い。

……物の数にも入らぬ。

広元の言葉が実感される。出家して職を返上した広元は、今日の列にはいないが、息子で、義時には婿でもある親広は、義時のすぐ隣に控えていた。

――されど、かの件が実現すれば。

我ら御家人の力は増すはずだ。むしろ、京の公家たちが競って鎌倉へ来るようにさえなるかもしれぬ。

雪がしんしんと降り積もる。つま先が痺れるようだ。

「還御！」

実朝が石段を一歩一歩、慎重に下りてくる。

舞殿の前まで実朝が下り来たったら、御家人たちの列は動き出す手はずになっていた。

「わぁあああ！」

「助けてくれ」

「将軍さまはいずこじゃ」

公卿、殿上人の列から悲鳴が上がった。

――どうした。何があった。

親広が走りだすのに続いて、義時も騒ぎの真ん中目がけて身を躍らせた。

――これは。

殿上人の一人、文章博士《もんじようはかせ》の源仲章《なかあきら》が血まみれになって事切れている。

「こちらに！」

先に駆けつけていた随兵の一人が声を上げた。松明が石段の下を照らした。

――何が起きたというのだ。

義時は我が目を疑った。

そこに倒れている物を見た一同は、みな息を呑み、動けなくなってしまった。

「く、首が、首が……」

忠信がそれだけ言うと、口から泡を吹いて倒れてしまった。

白い雪の上に、血だまりができている。その上に、首のない人の身体が横たわっていた。

――実朝――。

首はなくとも、それはいかように見ても、実朝だった。

義時は本宮を振り仰いだ。

体中が崩れ落ちそうになるのを堪えて、義時はこの神をも恐れぬ所行が誰の仕業なのかを調べさせた。

雪の夜のことではあったが、それでも事の次第は少しずつ明らかになっていった。

「親の敵はこうして討つのだ、という声を聞きました」

「法衣を着ておりました。年若に見えましたが」

「文章博士に向かって、〝そなたもだ〟と」

親の敵。法衣。

それなら、あてはまるのはただ一人、公暁である。

「即刻、別当阿闍梨を召し捕って参れ」

義時は命令を出したが、ひとつ、得心できぬことだあった。

――仲章に向かって〝そなたもだ〟とは。

妙なことを言うものだとしばし考えを巡らして、改めて背筋が凍った。

――公暁は、私を殺そうとしたのだ。

六月に行われた左大将拝賀の折、あの位置、こたび仲章が列していたところにいたのは自分だ。

〝親の敵〟〝そなたもだ〟。

公暁は、実朝と義時、二人を殺せる時機を狙っていたというのか。

千日の参籠は、このためか。

誰にも疑われず、二人を殺す方法を探していたということか。

「申し上げます。阿闍梨の僧坊へ参り、出頭なさるよう伝えましたところ、門弟たちが武装してこちらへ矢を射かけてきましたので、ただ今いくさになっているとのこと」

伝令からの報告があった。

門弟たちを手なずけて武装させていたとなると、よほどの準備をしているということか。

――まさか、自分が将軍に成り代わろうと。

冗談ではない。せっかくこの計画が進んでいるというのに。

やがて僧坊はこちらの手に落ちたが、公暁はいずこかへ逃げてしまったようで、捕まらないという。

――まさか。

義時の頭を、一つの疑いがよぎった。

公暁の養育を政子から託された、三浦義村である。義村が後ろで糸を引いている、ということはないのだろうか。

もしそうなら、三浦一族との大いくさを覚悟しなければならなくなる。

夜がしんしんと更けてきた。

「左衛門尉どのの使者が、お目通りを願っております」

左衛門尉。義村のことである。早速、何かこちらと取引でもしようというのかと、義時は身構えた。

「申し上げます。別当阿闍梨から先ほど、左衛門尉どのに〝我こそ次の将軍である。差配いたせ〟との口上が届いたそうです」

やはりそうなのか。

「左衛門尉どのは、〝まずはいったん拙宅へおいでください〟とだけ伝えて、迎えを出したそうです。つきましては、この後いかがすべきか、大夫さまからご命令をいただきたいと」

少しだけ、口からほっと息が漏れた。とはいえ、まだ油断はできない。

「ためらうことなく、阿闍梨を誅殺せよと伝えよ。その上で、必ず、左衛門尉どのがご自身で阿闍梨の首をここへ持参するように」

そうでなければ、信じるわけにはいかぬ。

義村の使者が出ていくのと入れ替わりに、政子からも使者が遣わされてきた。

「夜の明けぬうちに公暁の一味をみな捕らえて処断せよとの、厳しいお言葉がございました」

言われなくとも分かっている——そう言いたかったが、「御意のままに」とだけ口上を持たせた。

ほどなく、義村が公暁の首を携えて現れた。

義時は泰時にも同座させ、直接公暁の面相を改めた。

「紙燭を持て」

揺らぐ炎に、苦悶《くもん》に口を歪めた公暁の顔が見えた。

首の切り口からは、まだ乾かぬ血がぽたり、ぽたり、と滴っており、この首がほんの数刻前までは胴とつながっていたらしいことを物語っている。

「どうだ。間違いないか」

「とは思いますが。何しろ、阿闍梨の顔をこの三年ほど、まともに見たことがございませんので」

泰時が唸っている。

「某の息子の駒若丸《こまわかまる》に確かめさせました。間違いないと申しております」

義村の息子は、公暁の門弟の一人である。義時はじっと義村の顔を睨みつけた。

「大夫。某は誓って、この一件に関わっておりませぬ。なにとぞ、お聞き届けくださ い」

かつては気楽に、「小四郎」「平六」と幼名で呼び合った仲だが、今はそうはいかない。

義村の方もそれはよく承知しているのだろう。

「あい分かった。今日のところは下がられよ」

そう言うだけで精一杯だった。

義時は行親と忠家に命じて、公暁の首を密かに、由比ヶ浜に沈めさせた。「重い石と縄で縛り付けるように」とも言い添えた。

公暁が持ち去った実朝の首は、翌朝、僧坊近くの雪だまりの中から発見された。

六　承久の乱

1、貴種

「将軍さまが殺された……」

「どうなるのだ、鎌倉は」

「どなたが次の将軍になるのだ」

「また、いくさか」

跡継ぎをはっきりと示さないまま、実朝が横死したことは、鎌倉中を混乱に陥れた。

神仏がお怒りになって鎌倉を滅ぼそうとしているのではないか——そう不安に感じた者も多く、出家して祈りを捧げる者が百余名にも及んだ。

「どうすれば良いでしょう」

義時は広元にも同道を願って、政子のもとを訪れた。

「どう、と言われても」

さすがの政子も、〝次〟を考えるほどの気力はないようで、数珠は手首からだらりと下がったまま、目は虚ろに空を泳いでいる。

「まずは、京へ使者を。このことを正確に朝廷へ伝えましょう。風聞による混乱は避けなければ」

光のないはずの広元の目はむしろ、この中では一番先に、鎌倉の行く末を冷徹に見据えたようである。

「この一大事を、上皇さまがどう受け止めるか。それをまず見極めましょう」

京まで、すべての行程で最上の早馬を使ったとして五日。戻るのにさらに五日。

使者の帰りを待つ十日の間、義時は公暁に少しでもかかわりのあった者をことごとく調べさせたが、誰かが公暁を唆していることを示すような事実は何も出てこず、咎に当たるとして処罰されたのは、公暁の僧坊に奉仕していた数名に留まった。

——まずは幸いというべきか。

これからもっとも大事なのは、朝廷との交渉だ。鎌倉の中で争っているわけにはいかない。

二月九日、使者が戻ってきて、在京の御家人たちの動揺ぶりや、それを上皇が厳しく制した様子などを伝えた。

——上皇はきっとお怒りだろうな。

なぜみすみす実朝が殺されるのを防げなかった、武家の一門ともあろう者たちが。

そう言われてしまえば返す言葉はない。

さような者たちとの約束など守れぬと言われたら。

「それで、他に仰せ言や書状などはなかったか」

「何もございませんでしたが……」

黙殺するつもりだろうか。

「やはり、上皇に改めてこちらの願いを奏上する必要がありそうですな」

広元が呟いた。

「しかし、書状の発信者は誰とすれば良いのでしょう」

単なる報告でなく、こちらからの願い出を伝え、正式に返答を求める書状を上皇に出すとなれば、発信者にも格が求められる。残念だが、正二位で右大臣だった実朝とは違い、義時や広元では相手にされぬ恐れがあった。

「尼御台所さまのお名前で出せば良いのです」

自分の名を出されて、政子がいささかたじろいだ様子を見せた。

「わ、妾の？」

「なるほど、さすが入道どのだ」

政子は昨年、四月の上洛時に従三位を授かったのに続き、十月には従二位を授かっている。上皇あての書状の発信者として十分な格だ。

二月十三日。政子を発信者とし、さらに義時も広元も連署した書状を持って、ふたたび京への使者が鎌倉を発った。

「うまくいくと良いけれど」

「かねてのお約束のとおりにお願いしたいというだけなのですがね」

「さりとて、それは将軍さまに与えられたお許し。亡くなった今となっては」

政子が墨染めの袖で顔を覆った。

上皇が実朝に与えた許し。

それは、「上皇の皇子のうち、冷泉宮頼仁《よりひと》親王か、六条宮雅成《まさなり》親王のどちらかを、将軍家の跡継ぎとして鎌倉へ下向させる」というものだ。

はじめ、実朝からこの計画を聞かされた時、政子も義時も耳を疑った。

「私は、御台所以外の女との間に、子をもうけるつもりはありません」――実朝はまずこう言った。

もし、自分が仮に、誰か御家人の娘を側女に置き、そこに男子が生まれれば、その御家人がきっと将軍家の政に介入してきて、もめ事の種になる。だからどうしても、自分の跡継ぎは京の公家の娘である、信子の生む子でなければならない――それが実朝の考えだった。

ならば公家から側室を迎えたらどうかと、政子は提案した。ところが、実朝はそれも首を横に振った。

御台所坊門信子は、上皇の従妹である。そんな出自を持つ人が正室として重きをなしているところに、あえて娘を側女に出そうという公家がいたら、それはそれで、相当の野心家に違いなく、おそらく、私利私欲のために将軍家を利用しようとするだろうというのだ。

ならば御台所に子が生まれなければどうするのか。そう詰め寄った政子に、実朝が示したのが、「上皇の皇子を、親王さまの誰かをお迎えする」という案だった。

「しかし、将軍家は源氏が……」

そう言いかけた政子を、実朝は「将軍家が、帝の別家となるのですよ。その意味の大きさをぜひお考えください」と遮った。

亡き頼朝は、常に朝廷の意向を大切にしていた。その権威がどれほど将軍家、すなわち武家の統領にとって役に立つか、よく分かっていたからだろう。

ならばいっそのこと、帝の血筋を引く親王に将軍職に就いてもらい、実朝以下、御家人たちが奉仕する形を取れば、武家の望みをもっと強く朝廷に申し入れることができる。義時も最後にはそこに思い至って、実朝の計画に乗ることにした。政子が上洛したのは、そのためだった。

幸い、上皇はそれを承知した。だからこその、政子の叙位であり、実朝の、前代未聞の官職昇進だったのだ。

実朝が死んだ今、上皇がこの約束をどう考えているか。実朝をむざむざ殺されてしまうようなところに、大事な皇子をやれるかと拒まれてしまうかもしれぬ。

されどこちらとしては、むしろ、実朝がいなくなったからこそ、次の将軍が誰なのかを、少しでも早くはっきりさせなければならない。

使者の帰りを待つ間にも、早くも危険な余波が押し寄せてきた。

「駿河より、急ぎの知らせが参っております」

その内容を聞いた義時は、急いで忠家と行親を召した。

「今すぐ、阿波局を捕らえよ。ただし、あくまで内密に。いや、はじめは捕らえる素振りを見せぬ方が良い。某が夢告について相談したいことがあるとでも言って、騙して連れてこい」

やがて姿を見せた阿波局は上機嫌で「何のご相談？」と艶然と微笑《ほほえ》んだ。

――やはりこの女。

何か策を弄したに違いない。

「次の将軍に就くべき方について、内密にお話が」

「そう……。痛い！　何をする」

隙を突いて後ろ手に縛り上げ、猿ぐつわを嚙ませる。

「この者を塗籠へ押し込めておけ。ただし、殺さぬように」

生半可な修法を使う女だ。うっかり殺せば、何があるか分からない。

「水と粥《かゆ》は与えてやれ。ただし、この者が言うことに、誰も決して耳を貸してはならぬぞ」

阿波局を押し込めておいて、義時は再び、政子のもとを訪れた。

「阿野時元《ときもと》が武装した者たちを率いて、城郭を築いているそうです。これは間違いなく、将軍位を狙おうとしての振る舞いでしょう」

「冠者《かじゃ》が……。まさか」

時元。阿野全成と阿波局との間に生まれた男子である。

父が頼家によって誅殺された折、時政や政子がその身を保護し、駿河国の阿野庄で静かに暮らすよう言いきかせていた。

「阿波局は」

押し込めてありますと、本当のことを言うのは憚られた。姉と妹、情のもつれに今、時を取られている場合ではない。

「行き方知れずだそうです。ともかく、すぐに処分しましょう。ご命令を」

「ご命令って、妾がか」

「もちろんです。今は、尼御台所さまが、将軍家を統べる長なのですから」

自分が表に立たない方が良い。義時はそう考えていた。

和田義盛も、公暁も、自分に殺意を向けて来た。そうなりやすい立場に、義時はいる。

――姉上には、盾になってもらわねば。

今後しばらく、重大事にはすべて政子の名の入った書状を作るよう、徹底させよう。

「分かった。では、しかるべく」

政子の名のもとに、行親が配下を従えて駿河へ行ったのと入れ違いに、今度は政子の方から義時を呼び出してきた。

「何用でしょう」

「かような手紙が参った。上皇さまは、よほどお怒りらしい」

それは京の大納言、西園寺公経《きんつね》からの私信で、「上皇が陰陽師を大勢、職務停止の謹慎処分にした」と伝えてきていた。

「この陰陽師たちには、上皇さまがこたびの拝賀の儀が無事に終わるよう、祈禱させていたらしい。あろうことか死なせてしまうなど、いったい何をしていたのかと、大変なご立腹だと」

上皇から実朝への期待がいかに厚かったが分かる書状だが、今となってはむしろその怒りの矛先がどこへ向かうかが恐ろしい。

行親とその配下の動きは早く、二十三日には時元自害の報が鎌倉に届けられた。

――様子を見てくるか。

義時は阿波局を押し込めてある塗籠の側まで足を忍ばせ、戸のわずかな隙間から中を窺った。

「……あの子は亡き二位さまの甥ぞ！　しかも、千幡さまとは、この妾の、この同じ乳を飲んで育ったのじゃ！　次の将軍になるのはあの子じゃ！」

粥を与える時以外は猿ぐつわをかけておけと言ったのに、どう解いたものか、女は髪を振り乱し、胸乳《むなち》を露わにした見苦しい姿でわめき散らしている。

義時は阿波局には対面せぬまま、踵を返した。

「忠家。北殿の奥に急ぎ、外からしか鍵の開かぬ座敷を作るよう、手配してくれ」

「御意」

妙な顔もしなかったのは、忠家にはこちらの意図がすぐ分かったのだろう。

北殿は非常時のために食糧や薪を備蓄する倉庫である。平時はごくごく人少なな建物だ。

ずっと飼い殺しにしておこう――義時はそう決めた。もしかしたら、何かに使える折もあるかもしれぬ。

――時元だけではないな。

頼朝と血筋のつながる者は他にもいる。いつ、誰が誰を担ぎ出してもおかしくない。

折を見て先手を打とう――義時が密かに、誰をいつどう処分するのが良いか思案していた頃、使者として京に発っていた二階堂行光から、鎌倉に書状が届けられた。

「〝いずれはどちらか一人をそちらへ行かせよう、されど、今すぐというわけにはいかない〟との仰せだそうです……」

政子が激しく数珠の音をさせた。

「それはほぼ、〝行かせない〟という意味であろう。あちらの方々の物言いは、いつもそうして回りくどく、本意の分かりにくいものじゃ。字義通りに受け取ってはならぬ」

実朝の宿願を実現させなければとの使命感が、子を喪った悲しみから次第に政子を立ち直らせているらしい。

「すぐにでもお迎えしたいと、重ねて申し上げよ。日取りが分かるまで、引いてはならぬ」

されど上皇の意向は、思わぬ形で鎌倉にもたらされた。上皇の方から使者をこちらに差し向けてきたのだ。

「右京大夫どのに、院宣がございます」

「某に、ですか」

将軍家へではなく、義時を名指してというのは、どういうことか。

「摂津の長江《ながえ》と倉橋《くらはし》に置かれている地頭職の任命権を、上皇さまの方へいただきたい」

「な、なんと言われるか」

すぐには返答ができない。

「しばし、お待ちいただきたいが」

「こちらは、すぐにでも帰洛せねばなりませぬ。急ぎ、ご返答を賜りたい」

「いや、そうは参らぬ。こちらから、必ず改めて」

「きっとですぞ。さもなくば」

使者は烏帽子を振り立てるようにして義時の屋敷を後にしていった。

——なんということだ。

地頭職は、頼朝が朝廷の許しを得て設けた役職だ。各地の荘園を管理し、税を徴収し、罪人があれば捕らえるという役目を請け負う代わりに、その土地から得られる利益を己のものにしたり、民を人足として使役したりと、かなりの権利が許される。任命の権限は、将軍家にある。

摂津の長江と倉橋の地頭は、義時だ。頼朝から許されたものである。

地頭はあくまでも管理者であって、所有者は別にいる。長江の所有者は、上皇お気に入りの遊女亀菊《かめぎく》で、倉橋の方は側近の尊長《そんちよう》という僧侶だ。

——上皇お気に入りの、女と坊主。

そいつらにもっと便宜を図れと。

いや、そうではない。これは、挑発だ。

皇族の血を持つ貴種の跡継ぎが欲しくば、武家のもっとも基本的な権限の一つ、地頭の任命権についても主張するぞ——上皇はそう言いたいに違いない。

こちらが武家のために帝の血筋を利用しようと思うように、向こうは帝の血筋のために武家から何が得られるか、試しているということだ。

——実朝にならかような条件は付けぬつもりだったのだろうか。

あるいは、実朝ならことさら言われなくとも、上皇の機嫌を取るためなら、かような方策を自分から取ったのだろうか。

今となってはもう、そうした二人の気脈を知る由もない。

義時は早速この件を、政子と広元、さらに泰時と時房も加えて、相談することにした。

「どうだろう。相州どのは蹴鞠の席でなんどかお目にかかっていよう。上皇は本当に、二つの地頭職を譲れば、親王下向のお約束を守ってくださると思うか」

相州どの——弟の時房のことだが、ここはもはや将軍家の公の軍議と同じ場と心得て、義時はあえてそう呼んだ。

「それは、いかがでしょう。用意周到なお方とお見受けしております。こたびの院宣にも、どこにも、〝そうすれば引き換えに親王を下向させよう〟などとは、一言も書いてありませぬし」

確かにその通りである。

「長江と倉橋と言えば、神崎川《かんざきがわ》と猪名川《いながわ》の合流するあたりです。たとえばこの先、西国へ武を以て進まねばならないようなことが起きた場合、あのあたりの地頭職を、大夫さまが持っているか否かは、事の成否に関わること。慎重になさった方がよろしいのではないでしょうか」

そう言ったのは、泰時だった。いつしか、頼もしい右腕になっている。

「親王以外の、将軍職就任は考えられぬか」

政子だ。やはりどこかで「頼朝と自分の血筋」に未練があるのだろう。

「それは、いかがでしょう。亡き右大臣さまのご高察を鑑みますと」

広元が穏やかに言った。

これについては、義時も同じ考えだった。

議論は長らく続いた。

最後の決断を下したのは、政子だった。

「良いか。くれぐれも、いくさを起こしてはならぬ。されど、いつでもいくさが起こせるぞと、暗に、されど大きく、示してくるのじゃ」

三月十五日。

政子のこの言葉に送られて、時房が使者に立った。随従するのは、選りすぐられた千騎の武者である。

蹴鞠で気に入られている時房なら、まったく相手にされぬということはなかろう。かつ、統制の取れた東国の武士たちが千騎、その号令一下で動くのを見せつけられれば、交渉で侮られることもあるまい。

——頼むぞ。

義時は無言で、続々と鎌倉から出立していく武士たちの姿を見送った。

2、尼将軍

時房からの知らせを待ちつつ、義時は密かに行親をもう一度駿河へ行かせた。

「道暁《どうぎょう》どのは、すでに覚悟していたようです」

戻ってきた行親からはそう報告があった。

「某が〝鎌倉から参りました〟と申しますと、黙って前へ座り、〝経を唱えている間にすっぱりとこの首落としていただきたい〟と、背中を向けられました」

「そうか……」

道暁は実相寺の僧侶だが、時元の弟だ。母は阿波局ではないが、血筋を考えると、放っておくことはできなかった。

——もう一人。

頼家の子の禅暁《ぜんぎょう》も存命だ。

ただこちらは、三浦義村の弟、胤義に保護されていて、うかつに手は出せない。禅暁の母が、頼家の死後、胤義に再嫁していることからの縁だ。

——あとは。

そう思い巡らせて、義時は妙な気持ちになった。

鎌倉を守ると言いながら、結局、自分は頼朝の血を引く者たちを次々と殺している。

——なぜ、かようなことになった。

逆縁。

頼朝との起請を、破ったからか。

しかし、もう後戻りはできない。ともかく、朝廷からお飾りの貴種を「戴いて」、武家の一門を守らねばならない。

「お飾りの貴種……」

義時は、自分が思わず呟いた言葉の意味に改めて気付いた。

実朝は若い親王を将軍として教育、自分が後見しながら、鎌倉の権威と力を高めていくと言っていた。

では、実朝亡き今、それをするのは誰だ？

——私、だろう。

源家に、北条が取って代わる？

源家を第一に補佐してきた北条氏。されど、その源家の血筋が絶え——いや、血筋を絶やしと言うべきか——、まったく別の貴種を迎えようとしていることになる。

——わが北条氏が、すべてを握ることになるではないか。

例えば、下向してくる次の将軍に、北条氏の娘を正室として娶せても、鎌倉では誰も異を唱える者はあるまい。

——上皇さえ黙らせてしまえば。

いや、むしろ、正しく血を引く親王だというなら、こちらが真の「帝」だと強弁してしまう手もあるのではないか。

——そうして、いっそ、京の朝廷を廃す、か？

大胆すぎる思いつきだが、頼朝が何もないところから鎌倉将軍家を打ち立てたことを思えば、できないこともない気がする。

不思議な冷笑が義時の口元に浮いてきたが、一方であまりにも不遜すぎる思いつきが、我が心ながら恐ろしくもある。

「相州さまからの使者が参りました」

「分かった。すぐに行く」

実朝が生前使っていた御所には、今では政子が移っており、重要な話し合いはすべてそこで行われる。

「親王の下向は、国を二分しかねぬので、ならぬとの仰せがございましたそうです」

まるで上皇にこちらの思いつきを予て見透かされたようで、義時はどきりとした。

――やはり、通常の人ではないお血筋なのか。

「天地を割るつもりか」との言葉を向けられて、震え上がっていた実朝を思い出す。

「ただ、亡き右大臣との約束もあるので、摂関家の子息の誰かなら、遣わそうと」

「摂関家のご子息」

帝の血筋でないことに一同は落胆し、しばし議論になったものの、やがて「では具体的に、どの家の、誰の子が最善なのか」へと話は移っていった。

到底その場で結論が出ることではないので、互いに持ち帰り、慎重に人選を行うことになった。

上皇の意向はすでに京の公家たちにも伝えられていたようで、時を前後して、義時や広元のところに、「ぜひこの家から」の案を持ち込む者が増えた。

「九条家の若君をお迎えしてはどうでしょう」

義時のもとを訪れて、そう提案してきたのは、義村であった。

――疑いを晴らしに来たか。

禅暁を担ぐ気はないと、身の証しを立てにきたのだろうと、つい義時は提案の裏を探ってしまう。

ただ、義村の提案そのものは、確かに悪くないものに思えた。

左大臣九条道家《みちいえ》。正室は将軍家に好意的なことで知られる、西園寺公経の娘である。

「左大臣さまの御子なら、亡き殿とは血もつながっています。御家人たちも納得するでしょう」

頼朝の血。

実朝の生前の提案に得心していた政子や義時と異なり、御家人たちの中にはやはりこの点にこだわりを持つ者が多い。なぜわざわざ京の朝廷から人を迎えようとするのかと訝しむ声も聞こえてくる。

道家の祖母は、頼朝の妹だ。このことが伝わると、政子がたいそう乗り気になった。

「男子の御子は三人あるそうな」

九歳、四歳、二歳だと、義村がそれも調べてきた。

どの御子が良いか、そこまではさすがに鎌倉からは言いかねて、上皇に任せることになり、結局一番下、二歳の御子が鎌倉へと下向することになった。

こちらからの迎えには時房、泰時、義村をはじめ、総勢五十名ほどが供奉し、さらに京からも公家や武士の他、医師、陰陽師、護持僧らが付き従う中、二歳の「次期将軍」が鎌倉へ到着した。七月十九日のことである。

御所に当てられたのは、義時の屋敷の南隣に新しく構えられた建物である。

「まあ、お可愛《かわい》らしいこと。名はなんと」

政子が目を細め、共に簾内に陣取った。

「三寅《みとら》と仰せになります」

「寅の年の、寅の月、寅の刻（午前四時頃）にお生まれになりましたので」

京から代わる代わる抱いてきたのだろう、二人の乳母が、初めて見る尼御台所の前で畏まっている。

これでようやく後継者が決まった。ただ、二歳の幼子では、当然まだ何もできぬ。

これについては、政子がすべての任を担うと、すでに取り決めていた。

「妾で、大丈夫だろうか」

いくらか不安げだった政子に、義時は、予て広元から教わったとおりを進言した。

「帝の位でさえ、適当な男子が不在の折には、女子が即いていた御世もあるのですよ。天下の尼御台所さまが将軍職の代わりをつとめることに、誰が異論を申しましょうか」

政子が艶然と微笑み、ようやく、将軍家に落ち着きがもたらされた。

ただ都では、このちょうど同じ頃、上皇が怒りと落胆で総身をわななと震わせていたこと、そしてそれが、のちに大きな災いとなって義時の身にふりかかってくることは、この時の政子も義時も、むろん、知る由もなかった。

3、炎上

承久《じようきゆう》二（一二二〇）年四月。

――首尾良く討ったか。

義時は、先ほど京から密かにもたらされた知らせに満足していた。

三寅のために、禅暁を――。

今やすっかり幼い三寅を大事に思う政子は、そう義時に密命を下した。

「いずれは、鞠子《まりこ》を三寅の御台所にする」

鞠子は頼家の娘で、ずっと政子の保護の下に育っている。三寅よりも十六歳も年長だが、政子にはそんなことは取るに足りない些少事なのだろう。

ゆくゆく、鞠子と三寅の間に子が生まれれば、実朝と信子が果たせなかった、貴種でかつ、頼朝の血を引く跡継ぎができる。政子ははるか先をそう夢見ているらしい。

そのためには、遠く離れた京にいて、この先誰に担がれるか分からぬ禅暁を亡き者に――政子の意見に、義時も異存はなかったから、早速行親に命じて、しかるべき者を京へ行かせた。

胤義に保護されている禅暁を、どうやって殺したのか、どんな最期だったのか、それについては、義時は知りたいとも思わなかった。

——それにしても近頃、火事が多いな。

去年の九月には、由比ヶ浜のあたりから出火し、折からの風に煽られて、みるみるうちに永福寺《ようふくじ》の惣門《そうもん》のあたりまで達した。鎌倉に将軍家が拠点を置くようになって最大の規模の火事で、東は名越山の裾、西は若宮大路まで火の海となった。

この時、政子の御所と三寅の御所はすんでのところで類焼を免れたのだが、十二月には政子の屋敷から火が出た。

十一月には、火事ではないが、時房の屋敷が大風で転倒したという一件もあった。新造したばかりだったというので、誰かの狼藉ではないのかと疑いもしたのだが、どうやら新しい木材の質が良くないとの話もある。

火事は今年に入っても頻発し、一月に一度、二月には二度、三月にも一度、起きている。

——何かの前兆だろうか。

火事の多発は鎌倉だけでなく、京でも続いているらしい。

内裏が焼けてしまったのを、神仏がお怒りなのではないか——世には、そう噂する者もある。

政子や義時は後になって知ったのだが、去年の七月、三寅が京を発ってまもなくの十三日、源頼茂《よりもち》が「将軍職に就くのは自分である」と言って謀反の動きを見せたという。頼茂の祖父は、鵺《ぬえ》退治の逸話で知られた源三位頼政《げんざんみよりまさ》であり、源氏の名門であることには違いない。

——誰かに担がれたのか。

今となっては、それを調べる術はない。頼茂はすぐ討ち取られてしまったからだ。

問題は、その討ち取られ方だった。

——なぜこちらに相談してくれなかったのか。

後に鎌倉へやってきた使者は、「若君の下向の行列の最中でしたので、早馬を出すのは遠慮した」と言っていたが、どうにも釈然としない。

在京している武士たちがそれぞれに頼茂の動きを摑み、上皇に注進に及んだ。そして上皇がそのまま、鎌倉に相談することなく、在京の武士たちに「頼茂追討の院宣」を出してしまったのだ。

内裏炎上は、その果てに起きてしまった惨事だった。

頼茂はもともと、大内裏守護の任についており、その宿所は内裏の昭陽舎《しようようしや》——梨壺《なしつぼ》と通称されているらしい——にあった。上皇はその宿所をすぐに攻めよと、自ら直々に命じたという。

攻め込まれた頼茂とその一党は、仁寿殿《じじゆうでん》に立てこもり、やがて火を放って自害した。

その火が燃え広がって、数多の殿舎、宝物、文書、装束などが焼失した。

なぜさような無茶をしたのか。義時には、上皇がいくさというものを知らぬからだとしか思えなかった。

――他に攻めようがあっただろうに。

頼朝ならさぞ、じっくり構えて策を練ったに違いない。義時でも必ずそうする。命令を受けた者の中にせめて、火事になる恐れを上申して止める者がいれば、と思うと無念だが、上皇から院宣が出ているのに、異を唱えるなど、在京の武士にできるはずもない。

知らせを受けて、なんともやりきれぬ気分になったのだったが、やりきれぬ沙汰はその後も続いた。

大内裏をすべて新たに造営する――上皇がそう宣言したのだ。

広元から聞いたところでは、大内裏というのは、これまでもあちこちが幾度も火事に遭っていて、帝の御所である清涼殿《せいりょうでん》なども、幾度も損なわれているらしい。さような折は、誰か重臣の屋敷を「里内裏《さとだいり》」として使いながら、ゆっくり少しずつ再建をしていくのが通常だという。「いずれの殿舎も、焼けたまま長らく放置されていることは珍しくない」と広元は言っていた。

ところが、上皇は何を考えたか、一気に壮大な再建を企て、五畿七道の諸国に臨時の税と夫役を課し、材の調達を求めた。近頃鎌倉に集まる木材の質があまり良くないのは、おそらくこの余波を受けてであろう。

このせいで、鎌倉に集まる訴訟事も増えている。課税や夫役に難色を示す地頭たちも少なくない。

正直、義時や時房も、自分が地頭をつとめる地域で、あまりこの命令に忠実に従う気はしない。諸方から恨まれるばかりだからだ。

——実朝なら、上皇のために奔走したのだろうか。

帝の血筋を恐れる気持ちは義時にだってもちろんあるが、実朝ほど、朝廷の習俗感性に同調できないのは、歌を学んでいないからか、それとも己が単に罰当たりなのか。

——両方かもしれぬな。

ともかく今は、三寅が無事成長してくれるのを祈るばかりである。

「あの、少しよろしいでしょうか」

今の妻、伊賀の方が顔を見せた。

気付けば、この妻とはもう十五年以上連れ添っている。

「どうした」

「はい。それが……。ちょっと面妖なことを聞いたという下仕えがおりまして」

「面妖なこと？」

「あの例の、座敷牢でございます」

阿波局は、押し込めてからしばらくは何かとわめき散らしていたが、その後は観念したのか、今ではすっかり大人しくなっている。

ただ、伊賀の方をはじめ、女たちは阿波局の正体は知らない。「正気を失った歩き巫女を、子細があって尼御台所さまから預かっている」と取り繕ってある。

「近頃時折、妙なことをわめくそうです」

「妙なこと?」

「はい。〝小四郎の輪のせいで災厄が続く〟と」

小四郎。義時の幼名だ。

また猿ぐつわをかけるか。しかし、食事や水をまったく与えぬというわけにもいかない。命を存《なが》らえさせたまま、完全に口を封じるというのもなかなか難しいものだ。

「殿。もし黙らせたいとお望みなら、方法がなくもありませぬが」

「どういうことだ」

「はい。水銀を飲ませると、声が出なくなるそうですよ」

義時はぎょっとした。こんなことを平然と言う女だったのか。

「そ、そうか。まあ、考えておこう」

妻とはそれっきり、阿波局について話すことはなかったが、それから二度と、座敷牢からわめき声が聞こえることはなかった。

——先に手を下したのか。

伊賀の方は三男一女の母だ。

この娘には昨年、一条実雅《さねまさ》——三寅の側近として京から鎌倉へ出向いて来た公家である——を婿に取った。もうすぐ子も生まれるはずだ。

——女というものは。

北条の統領の北の方には、きっとこういう女がふさわしいのだろう。


この年はその後も、洪水や火事などの災厄が鎌倉をたびたび襲ったが、幸い、義時の屋敷は何事もなく、また娘も無事、男子を産み落とした。

本当の災厄が義時を襲ったのは、翌年（一二二一）、五月のことであった。

十九日。政子の御所に、次々と京からの早馬が着いた。

「申し上げます。上皇さまの御所に、多くの兵が参集しています！」

「上皇さまの命令で、大納言さまが捕らえられ、弓場殿に押し込められました」

「伊賀左衛門尉どのが、能登守秀康に誅殺されました」

次々と届く知らせは、義時にも政子にも、まるで訳の分からないことばかりだった。

大納言西園寺公経は、三寅の祖父に当たる。伊賀光季は伊賀の方の兄で、京都警固のために鎌倉から派遣されている者だ。

光季を殺したという藤原秀康は、上皇御所を守る西面武士である。

「大夫さまを追討せよとの院宣と官宣旨が五畿七道に下されました！」

座が静まりかえった。院宣は上皇からの命令書、官宣旨は朝廷の太政官が発する命令書で、天皇の意向であることを示す文書だ。

――追討？　私を？

まったく身に覚えのないことだ。何がさように帝や上皇の怒りを買ったというのか。なぜ。

ただただ茫然《ぼうぜん》として何も考えられない。周りの景色や音がすべて消えてしまったようだ。しかしほどなく、まったく別の音によって、義時は我に返った。己の総身から、血の気が引く音である。

――まずい。

院宣や官宣旨が諸国へ渡ってしまえば、義時は〝朝敵〟だ。どこから誰が攻めてくるか分からない。

「街道を東下してくる者はすべて、厳しく詮議せよ。院宣を持つ者を、決して一人も見逃すな」

鎌倉方の早馬より先に東国へ踏み入る者はよもやあるまい。ともかく、まずは宣旨をこちらで押さえるのが肝要である。

まずは急ぎ、その手配にかかろうとしていると、「駿河守さまがお目にかかりたいそうです」という。

——義村。

三浦義村は、公暁を捕らえた折の功績を政子から認められ、駿河守の官を得ていた。

義時の前に跪《ひざまず》いた義村は、一通の書状を開いて差し出した。

「京にいる弟から書状が届きました。むろん、某は決して、かような誘いには乗らず、大夫さまのご命令に従います」

文面には「勅命に応じて右京大夫を誅殺せよ。勲功は望み次第」とあった。

——胤義め。

鎌倉を侮るにも程がある。検非違使の職を与えられて、京で過ごすうち、武家の本筋を忘れたものと見える。

「院宣を持っているのは、押松丸《おしまつまる》という上皇の下部《しもべ》だそうです」

「よく知らせてくれた。礼を言う。この恩は、必ず」

押松丸探索の手配を命じた義時は、政子と相談し、まず、御所に伺候している四人の陰陽師を呼び集めると、これからの天地について、持ちうるすべての方法を使って占うよう命じた。

……小四郎の輪のせいで。

阿波局の妄言を思い出してはならない。冷静になれ。

天文、暦数、卜筮《ぼくぜい》、地相。

「関東は、泰平」

「関東は、泰平」

「関東は、泰平」

「関東は、泰平」

四人の占いが一致し、参集してきた御家人たちから「おお」とどよめきが上がった。

――関東は、というのは。

西へ攻め入っても良いという意味だろうか。

「申し上げます。ただ今、押松丸が葛西谷《かさいがやつ》で捕らえられました。院宣、官宣旨と大監物光行《みつゆき》の添状、さらに持参先の一覧も所持しているそうです」

ひとまず、院宣が東国で広がるのは避けられたことになる。

義時は胸をなで下ろしたが、源光行の添状があったと聞いて、たいそう不愉快になった。

――あやつは確か。

処刑されるはずだった父親の命を、頼朝のおかげで助けられたのではなかったか。

平家討伐の頃だ。四十年近く前のことだが、忘れて良いはずはない。加えて、泰時とも和歌や学問を通して交流が深かったはずだ。泰時は、光行から「源氏物語」について教えを受けたと言っていた。実朝の命令で学問所が設けられた頃のことだ。

いったいどれほどの者が、鎌倉を裏切って上皇方についているのだろう。

義時は改めて不安に襲われた。

「尼御台所さまより、お言葉がございます」

安達景盛が、政子と三寅のいる簾の側に畏まっている。

「皆の者、よく聞いてほしい。これが妾の遺言だと思って」

静かだが、よく響く声である。

「妾ほど、身の宿世の拙き者はない。娘に先立たれ、夫に死に後れ、二人の息子にも置いて行かれた。四度の死別で、涙は枯れ果てたと思っていたが」

政子が声を詰まらせた。

「もし、こたび、苦労をこれまで共にしてきた弟である大夫が、かくも非義なる、天地の道理に合わぬ沙汰によって命を失えば、これで五度目。法華経には、女人が往生するには五つの障害があるというが、妾にはまさに五度、重なる恩愛の苦しみ。万一、大夫まで先立つようなことがあれば、悲しみと悔しさのあまり、妾は仏をも恨み、魔道に堕ちることになろう」

一同が息を呑んで聞き入っている。

「皆の者、思い出してほしい。この鎌倉が開かれる前のことを」

簾内の政子が前のめりになった。

「我ら武家は、朝廷や公家に気ままに使われ、命令を受ければ故郷を離れ、妻子と離れて、京の警固のため、寒暖晴雨を問わず奉仕させられていた。それを、官位俸禄を引き上げ、京の人々からも相応に重んじられ、今のような落ち着いた暮らしができるようになってきたのは、三代に渡る将軍家の艱難辛苦《かんなんしんく》の賜《たまもの》でなくて、なんであろうか」

涙ぐんでいる者がいる。

「この恩を忘れぬ者は、速やかに秀康や胤義らを討ち取り、将軍家が築いてきたものを守るように。ただし」

政子の声が一段と高くなり、数珠の音がぎりっと鳴った。

「妾は嘘は好まぬ。京方に参ぜんと望む者は、すぐにここを去れ。今のうちじゃ」

誰一人、この場から去る者はない。遠くで入相《いりあい》の鐘が鳴った。

――やはり、この人には敵わぬ。

遥か昔、父時政の反対を振り切って、頼朝のところへ走り去るのを見送った時から、ずっと。

政子は敢然と墨染の衣を翻し、三寅を抱いた乳母を従えて、その場を後にしていった。

「ではこの後、場所を変えて軍議に移る。速やかに参られよ。他の者は、各自、下知を待つように」

義時は、主な者たちと共に自邸へ移ることにした。

夕景深まる中で始まった議論は、夜に入って「箱根と足柄の関所を固めて敵を待ち受ける」策に大勢が傾き始めた。

義時もそうだが、長らく関の向こうへ行ったことのない者も多い。不案内な土地でのいくさを避けたいのは無理もなかった。

ただ、この策に強硬に反対する者がいた。文官でただ一人、この議に加わっている広元である。

「待つのは良くない。すぐに京へ大軍を差し向けるべきです。〝関東は泰平〟なのですから」

広元の胆力と慧眼を、義時はこれまで幾度も見てきた。ただ、いくさの場をよく知る義村や景盛が、迷うのも分かる。

「尼御台所さまのご判断を仰ぎましょう。しばしお待ちを」

義時が軍議の様子を報告すると、政子は何のためらいもなく「上洛せよ。それしかあるまい。武蔵国の安保実光《あぼさねみつ》がすぐに鎌倉へ参上すると申してきた。かの軍が到着次第、行くが良い」

政子の言葉に意を決して、御家人たちがいくさ支度を調えていた二十一日、京からやってきた公家が一人あった。

鎌倉にいた公家たちが次々とこっそり逃げ出していく中、わざわざ政子を訪ねてくるとは。

——珍しいことだ。

現れた一条頼氏《よりうじ》は、時房の娘を妻にしている。政子は早速、義時と時房も同席させて、頼氏に京の様子を詳しく話すよう求めた。

「一族はみな、上皇方に付いてしまいましたが、私は妻からつながった縁を大切に思っておりまして、こうして逃げ出して参りました」

「それは有り難い。北の方は果報者じゃ」

頼氏は、上皇の御所に、帝をはじめとする皇族方が次々と集結し、それを秀康や胤義が警固する様子などを語って聞かせた。

——親広が、上皇方に。

中でも義時が衝撃を受けたのは、大江親広が上皇方に付いているという話だった。広元の息子にして、義時の婿。公暁が殺されたことによる京の混乱を鎮めるため、警固を任されて鎌倉から派遣された者である。

同じ任に付いていた朋輩である光季は、すでに誅殺されてしまった。

——たいへんないくさに。

しかも、上皇に名指しされているのは義時なのだ。改めて、背筋が凍るような気がする。

……小四郎の輪のせいで。

いやいや、臆してはならぬ。

ただ、迷いが生じていたのは義時だけではなかったようで、「上洛は無謀なのでは」との意見が御家人たちから出されていた。

「武蔵の軍を待つまでもなく、すぐに上洛すべきです。でないと迷いが出て、士気が下がる。それでは勝てませぬ。今日中に、大将として武州どのお一人の軍でも良い、ともかく出立なさい。さすれば多くの武士が、龍に雲が靡《なび》くごとくに従うはずです」

広元がなお言い放った。大将に名指しされた武州――泰時が、ごくりと唾を飲み下すのが見えた。

息子を討つことになるかもしれぬ――そう分かってもなお、意見を変えぬ広元の姿に、義時は改めて心を打たれたが、それでもなお、迷う者もいた。

「誰か、善信をここへ呼んで参れ。丁重にな」

政子が一声、放った。

善信は、このところ長らく病で臥せっている。

やがて、両脇を抱えられるようにして姿を見せた善信は、小さな、しかし決して弱々しくはない声で、すぐに告げた。

「議論の余地はありませぬ。すぐに武州さまがご進発なさるべきです。一刻も猶予はありませぬ」

善信の言葉が、御家人たちに生じていた迷いの雲を吹き払った。

承久三（一二二一）年五月二十二日、早朝。

小雨そぼ降る中、北条泰時が出撃していった。従うのは、息子の時氏《ときうじ》、弟の有時《ありとき》と実義《さねよし》以下、わずか十八騎である。

——頼んだぞ、泰時。

もはや、義時には祈るしかなかった。

広元と善信の判断は正しかった。

この日からわずか三日のうちに、十九万余騎もの東国武士たちが次々に、東海道、東山道、北陸道、三手に分かれて出撃していき、義時のもとには、膨大な名簿が残された。

「祈禱を続けよ！　一刻も緩めてはならぬ！」

鶴岡八幡宮では、常に百人の僧が祈りを捧《さき》げる体制が取られた。

護摩が焚かれ、炎が高く上がる。

祈禱の続く様子を見届けつつ、日々、屋敷と御所、政所を往き来しながら、戦況の報告を待ち受けている義時の目のうちに、次第に巨大な日輪が燃えさかり始めた。

――熱い。頭が、熱い。

熱さのあまり、眠ることもできない。ひたすら水を被ったが、いっこうに治まる気配はない。

……押せ。その輪、押せ。素手で、押せ。

耳元ではずっとこの声が聞こえる。まともにものを考えることさえもできない。

「ええい、うるさい！」

つい怒鳴ってしまい、近習の者がぎょっとして後ずさった。

「いや、なんでもない……。そうだ」

義時は政所に行き、ある文書の作成を命じた。

「文面はいかに」

「そうだな、次のように認めよ」

……宣旨、謹んで受け取り候。義時の忠義をお認めにならず、讒言をお取り上げになりましたこと、たいへん無念に存じます。つきましては、愚弟時房、愚息泰時に十九万騎を添えて申し開きのためにそちらへ遣わします。それでもなおお聞き届けくださらぬ時は、さらに二十万騎を率いて、自ら参上仕ります。

「押松丸をこれへ」

宣旨を持っていた上皇の下部は、牢に入れられていた。

「そなた。この文書を必ず、上皇御所に届けよ。良いな」

政所に伺候している者たちが目を白黒させていたが、義時は構わず、訳も分からず怯えている押松丸を強引に解き放った。

――せいぜい震え上がるが良い。

頭の中で一段と日輪が燃え、耳がわんわんと唸る。


泰時が出立してから、十六日が経った。

わずかだがもたらされる戦況は、いずれも味方の有利を告げるものばかりで、鎌倉には安堵の空気が流れつつあった。

ただ、義時に巣くった日輪は日に日に熱さを増していた。

ここで自分が病であるなどと知れ渡れば、いかなる騒ぎになるか分からぬ。義時は「自邸でも祈願をする」と言って引きこもり、内密に病平癒の加持祈禱を受けることにした。

――熱い、熱い。

確か、平清盛は、熱病で命を落としたのではなかったか。

熱に浮かされながら、そんなことを思い出した時である。

ぴしっ。

どぉん！

二度にわたって、身体が床から突き上げられた。

「火事だ」

「早く、水を」

「台盤所の方だ。広がらぬうちに、早く」

屋敷の北の方で、口々に騒ぐ声がする。

「何事か。見て参れ」

近習の者が走り出て行き、しばらくして戻ってきた。

「釜殿に雷が落ちまして、飯炊きの男が直撃され、亡くなったそうです。大きな火事にはならず、消し止めたとのことですが」

総身がわなわなと震え始めた。

「だ、大官令さまを、入道さまをこちらへお招きしてくれ。そ、相談があると」

古来、落雷は神の怒りであるという。

やがて姿を見せた広元は、見えぬ目でじっとこちらを見据えていた。

「いかがなされた、大夫どの」

「こ、これは、やはり、我が運命の縮まるべき兆しでしょうか」

「何を、益体も無きことを」

広元は笑った。

「覚えておられぬか。文治五年、亡き殿が奥州を制した折には、殿の御座に雷が落ちたでしょう」

——そんなことが、あったろうか。

「私が言うのですから、先例に間違いはありませぬよ。まあでも念のため、占わせてみましょう」

広元の発案で、義時の屋敷に陰陽師が集められた。

「吉でございます」

「吉でございます」

四人の陰陽師が次々と発する宣言が、「押せ、押せ」の音と重なる。

頭上で日輪が燃える。

今、手を伸ばせば、届く。

義時は両手で輪を摑んだ。掌《てのひら》が灼《や》けて砕かれ、腕が落ち、胴に火が移った。

——もうだめだ。死ぬんだ、きっと。

もはや、熱さも分からなくなってきた。

「大夫どの。しっかりなされ。しっかり」

広元の声が遠くなった。

……小四郎。

この声は。

……そなたは、私にもできなかったことをこれからするのだ。その代償は、末代まで
と覚悟いたせ。

それから三日、義時はこんこんと眠り続けた。

落雷から十四日が経った、六月二十三日、深夜。

「武州さまより、書状でございます」

分厚い包みだ。

「明かりを持て」

紙燭では頼りない。義時は庭に松明を焚かせ、その前に陣取って包みを広げた。

几帳面な泰時らしい、克明な書状である。

……謹んで、これまでの道程、及び、戦功のあった者についてご報告申し上げます。

最初の衝突は五月二十九日、朝時率いる北陸道、越後国で生じました。加地《かじ》庄の願文山《がんもん》に藤原信成《のぶなり》の配下の者が六十余名立てこもって抵抗いたしましたのを、佐々木信実《のぶざね》が見事討ち果たしました。

また、同じく三十日には、東海道を進軍中、遠江国に逗留していた時房の陣に、

密かに注進する者があり、「同地の津久井高重《つくいたかしげ》が上皇方に与するため上洛の準備を進めている」との情報を得ましたので、即刻これを誅殺いたしました。

六月五日には、某と時房とが尾張国一宮で軍議の末、鵜沼渡《うぬまのわたし》、池瀬《いけせ》、板橋《いたばし》、摩免戸《まめど》、墨俣《すのまた》の五方向へそれぞれ軍勢を分け、翌日にはいずれの地でも勝利を収めました。

時を同じくして、東山道を進軍中であった武田信光《たけだのぶみつ》、小笠原長清《おがさわらながきよ》、小山朝長《おやまともなが》の軍が美濃国大井戸《おおいど》へ到達、在陣していた上皇方の軍を敗走せしめました。

七日には、美濃国野上《のがみ》と垂井《たるい》に東海道軍、東山道軍が参集。軍議を行い、三浦義村の申し出により、近江国の瀬田《せた》、手上《たのかみ》、山城国の宇治《うじ》、芋洗《いもあらい》、淀渡《よどのわたし》に陣を置くことを決しました。

八日、朝時の北陸軍が越中《えっちゅう》国般若野《はんにゃの》にて、宣旨を掲げる使者を捕縛、続いて襲来した上皇方の軍をすべて討ち果たしました。

ここまで読み来たって、義時ははっとした。六月八日と言えば、屋敷に落雷があり、弱気になった義時が広元に相談した日である。

――あの日に、朝時が宣旨の使者を。

陰陽師の占いの解き合わせをするように、次を読み進める。

……十三日、某と時房は近江国野路《のじ》にていったん軍を分け、時房は瀬田にて上皇方と衝突、敵は橋の中央の板を落とすなどの小細工にて抵抗、苦戦を強いられましたが、宇都宮頼業《よりなり》の遠矢にて防戦。時房は兵の士気を養うため、いったん退避いたしました。

同じ日、某は翌朝の決戦を期して栗駒山《くりこま》に陣を敷きましたが、三浦泰村、足利義氏《よしうじ》が宇治橋へ進軍、上皇方の主力二万騎と遭遇して苦戦の報を受け、急遽宇治橋へ向かい、夜に至って全軍を平等院《びょうどういん》に集め、休息を命じました。

翌十四日、水練の巧みである芝田兼義《しばたかねよし》に命じ、橋を使わずに渡りうる川の浅瀬のありかを探らせた後、渡河先陣を芝田兼義、春日貞幸《さだゆき》、佐々木信綱、中山重継《しげつぐ》、安東忠家らに命じました。

ここでは無念ながら味方に多くの溺死者を出し、また某自身も危うく命を落とすところを、春日貞幸の思慮深さによって救われました。

ほどなく、無事川を渡り切った剛の者たちが上皇方の兵を切り伏せ、また尾藤景綱《びとうかげつな》の工夫により作られた筏《いかだ》にて某らも無事対岸へたどり着き、兵糧を奪うなどの策も功を奏し、敵の多くを敗走させるに至りました。

夜に至り、瀬田、淀、芋洗、いずれからも我が方の勝利の報がもたらされ、某が深草河原に陣を取ったところ、西園寺公経より、使者が遣わされましたので、翌朝の入京を申し伝えました。

十五日、樋口《ひぐち》河原にて勅使と対面、宣旨の撤回、また事態の収束については鎌倉方で沙汰すべき由、粛々と承りました……。


——宣旨の撤回。

泰時も時房もすでに京の六波羅に入っているという。また、三浦胤義はすでに討たれ、義村によって首が泰時に差し出されたこと、藤原秀康は逃亡してしまったので引き続き探索するとも記されていた。

書状にはさらに長い添え状がついていて、かなり細かく、それぞれの場で戦功のあった者や死者、負傷者の詳細などが記されていた。のちの勲功、恩賞に備えようという泰時の周到さがひしひしと伝わる内容で、大軍を率いて息子が大きく成長した様子に、義時は改めて胸が熱くなった。

——これで、勝ちだ。

義時は改めて己の首筋を手ですーっと撫でた。

深い吐息が漏れていく。

——上皇に、勝ったのだ。

泰時によれば、上皇は、「将軍家の後継争いのせいで内裏が焼失したのに、その後の造営に協力的でなかった」というので、義時を恨むようになっていったらしいということだった。

——源頼茂の一件か。

しかし、それはそもそも、上皇がいくさの場というものを知らず、武士の動かし方を誤ったせいだろうと、義時は思うが、今更さように申しても詮ないことだ。

——武士のことは、武家に任せておけば良いのだ。

ともあれ、今度は武家の方で、朝廷の今後を決めるという、とんでもない大仕事が待っている。

夜が明けるとすぐ、義時はこたびの京方の処分を、広元と相談した。

なにしろ、上皇や公卿たちを処分するのだ。先例をよくよく重んじて、くれぐれもこちらに非のないようにしなければならぬ。

「まずは、新しい帝と上皇を定めなければなりませぬ。それから、今の上皇には……」

この義時が、本来、将軍家に仕える北条氏の統領に過ぎない自分が、帝の血筋を左右する。返す返す、途方もないことだ。

……私にもできなかったこと。

後鳥羽上皇は隠岐《おき》へ、順徳上皇は佐渡《さど》へ流罪。

後鳥羽の皇子である六条宮は但馬《たじま》へ、冷泉宮は備前《びぜん》に流罪。この二人は、もともと、どちらかが将軍後継として鎌倉へ来ると言われていた人である。

今上の帝は廃位とされた。さらに、後鳥羽上皇の血を引く人はすべて、二度と帝の血筋に連なることのないよう、出家またはた臣籍へ降下させると決められた。

ただ、後鳥羽上皇の血筋をすべて除外すると、皇族の男子がほとんどいなくなってしまう。

「新たな帝には、どなたを」

かような言葉を自分が口にしようとは。まったく考えてもみなかったことだ。

「行助入道親王《ぎょうじょ》に上皇となっていただき、その御子に帝の位に即いていただきましょう。先例にはないことですが、他に男子がいらっしゃいませんので」

行助入道親王は後鳥羽上皇の同母兄だが、かつて位争いで敗れていた。

「では、しかるべく、京へ伝達をいたしましょう」

六月二十九日、深夜。

義時の使者が、六波羅へ到着した。

将軍家、いや、北条義時が、天地を動かした瞬間だった。

結面影

貞応元《じようおう》（一二二三）年、春。

義時は六十一歳になっていた。

この年の干支は癸未《みずのとひつじ》。自分が生まれた年と同じで、世間ではこれを、暦の輪が一周したと言うので、祝う例もあるらしい。

——輪。

あの時攫み、押した輪はなんだったのか。

押して、良かったのだろうか。

ふとそんな思いに囚われることもある。

あれ以来、世は表向き、平穏に過ぎているように見える。

——されど、たとえば。

自分が死ねば、泰時や時房、あるいは朝時などが、この鎌倉、いや、今となっては京も含めて広く日の本の支配を巡って、また争ったりするのだろうか。

「申し上げます」

物思いを、近習の声が破った。

「京から、源輔通《すけみち》という者が、どうしても殿にお目通りをと申しておりますが」

「源輔通？」

鎌倉へ来て、義時に何らかの嘆願を持ち込む公家はいっそう多くなる一方である。いちいち会っていては面倒なので、よほどのことがない限りは門前払いしてしまう。

「なんだ。どなたかの紹介でもあるか」

「はあ。何もないのですが。ただ、本人の申すところでは、〝自分の母は姫の前と呼ばれておりました〟と伝えれば、きっと会ってくださると。あまりにも何度も来るので、一応、お伝えした方が良いかと」

今、この屋敷に、その名を知る者はごくわずかしかいない。若い近習も、もちろん知らぬはずだ。

心底に沈めた名。

今更その名に、何の用があろう。

――もしや。

会って、どうするというのだ。

「うむ……一応、会ってみよう。庭へ通せ」

現れたのは、元服まもないと思われる若者だった。

――これは。

間違いない。

「途方もないお願いを、お聞き届けくださって、ありがとうございます」

顔はどことなく三男の重時《しげとき》に、声は長男の泰時に似ている。義時はなんとも言えぬ心持ちになった。

「何用か」

「はい。私にもよく分からぬのですが」

「なんだ。妙なことを申す」

「ただ、母の遺言なのです」

「遺言？」

「はい。母が亡くなったのは、私が四つの時でしたので、直接聞いたわけではないのですが、乳母が申しますには、元服したら、必ず、鎌倉の北条の統領さまにお目にかからせたいと、繰り返し、繰り返し、言っていたというのです」

間違いない。我が子である。

今となっては、朝時はおそらく頼朝の子であろうと、義時は確信している。ただそのことは、もはや自分だけが心に秘しておけば良いことだ。

——姫の前。

因果な宿世を持っていたらしい。

「うむ。子細は申せぬが、そなたの母御は、私には大切な女人であった。……しばし、この鎌倉でゆっくり逗留なさるが良い」

翌年の六月、北条義時は病で没した。

亡くなるしばらく前、子どもたちを集めて、「どうか北条同士で争うことのないよう」とくれぐれも言い置いていったという。

ただ、余りにも異例な生涯であったためか、その死には、妻による毒殺や、近習による刺殺など、不穏な噂が絶えなかったことが『明月記』『保暦間記』などに記録されている。

なお、のちに泰時は、輔通の任官を鎌倉の意向として朝廷に推挙している。

主要参考文献一覧

『新訂増補　吾妻鏡』國史大系　吉川弘文館
『現代語訳　吾妻鏡』吉川弘文館
『愚管抄』日本古典文学大系　岩波書店
安田元久『北条義時』人物叢書　吉川弘文館
岡田清一『北条義時』ミネルヴァ日本評伝選
関幸彦『北条政子』ミネルヴァ日本評伝選
坂井孝一『源氏将軍断絶』ＰＨＰ新書
坂井孝一『承久の乱』中公新書
坂井孝一『源実朝』講談社選書メチエ
本郷和人『承久の乱』文春新書
『金槐和歌集』新潮日本古典集成
『勅撰集　付新葉集　作者索引』和泉書院
『中世政治社会思想　上』日本思想大系　岩波書店

＊人名、地名など、読み方の未詳なものについては、一部、作者の推定によってルビを振っている場合があります。

本書は、集英社文庫のために書き下ろされた作品です。

奥山景布子の本

寄席品川清洲亭

幕末の品川宿。大工の棟梁・秀八の寄席「清洲亭」をめぐる人情たっぷり、笑いたっぷりの物語。さて無事に柿落としができるのか⁉ 落語好きにはたまらない時代小説シリーズのスタート。

集英社文庫

奥山景布子の本

すててこ　寄席品川清洲亭二

秀八が始めた寄席はお客もついて順風満帆。そんな中、看板噺家・弁慶師匠のもとに弟子入り志願の男が現れた。だが頑なに拒む師匠、その理由とは？　人情落語時代小説、第2弾！

集英社文庫

集英社文庫

義時《よしとき》　運命《うんめい》の輪《わ》

2021年11月25日　第1刷
2022年6月6日　第4刷

定価はカバーに表示してあります。

著　者　奥山《おくやま》景布子《きょうこ》

発行者　徳永　真

発行所　株式会社　集英社
東京都千代田区一ツ橋2-5-10　〒101-8050
電話　【編集部】03-3230-6095
　　　【読者係】03-3230-6080
　　　【販売部】03-3230-6393（書店専用）

印　刷　図書印刷株式会社

製　本　図書印刷株式会社

フォーマットデザイン　アリヤマデザインストア　　マークデザイン　居山浩二

本書の一部あるいは全部を無断で複写・複製することは、法律で認められた場合を除き、著作権の侵害となります。また、業者など、読者本人以外による本書のデジタル化は、いかなる場合でも一切認められませんのでご注意下さい。

造本には十分注意しておりますが、印刷・製本など製造上の不備がありましたら、お手数ですが小社「読者係」までご連絡下さい。古書店、フリマアプリ、オークションサイト等で入手されたものは対応いたしかねますのでご了承下さい。

© Kyoko Okuyama 2021　Printed in Japan
ISBN978-4-08-744322-6 C0193